Anna Baar
Als ob sie träumend gingen

ANNA BAAR

ALS OB SIE TRÄUMEND GINGEN

Roman

WALLSTEIN VERLAG

Bibliografische Information der Deutschen Nationalbibliothek
Die Deutsche Nationalbibliothek verzeichnet diese
Publikation in der Deutschen Nationalbibliografie;
detaillierte bibliografische Daten sind im Internet
über http://dnb.d-nb.de abrufbar.

www.wallstein-verlag.de
Vom Verlag gesetzt aus der Stempel Garamond
Umschlaggestaltung: Wallstein Verlag, Göttingen
Druck und Verarbeitung: Hubert & Co, Göttingen

ISBN 978-3-8353-3124-2

»Ist das auch wahr, was du da lügst?«
Jean Cocteau, Kinder der Nacht

K. 618
Wolfgang Amadeus Mozart

Klee war ein Freund. Mir jedenfalls galt er als solcher, auch wenn ihm von den Tugenden, die ein noch unerfahrenes Herz begehrt, nur wenige zu eigen waren. Er konnte nicht verlässlich sein noch aufmerksam, kannte nicht Trost noch Manieren und nahm es mit der Wahrheit nicht genau. Beklagte ich mich einmal, ging er ganz in sich zurück, die verletzliche Seite seines Wesens wie einen schuldlosen Mitwisser zu decken. Immerhin: Wir konnten miteinander schweigen. Und das Glück war tiefer mit ihm und das Unglück leichter.

Von ihm will ich erzählen. Auch von den Tagen, da wir uns noch nicht begegnet waren. Manches hat er mir erzählt, manches bilde ich mir ein, vieles wird geträumt sein oder ausgedacht. So ist es gut, auch wenn ihr es gewohnt seid, nur denen zu glauben, die von Tatsachen reden und ihre Niederschriften, in handgreifliche Form gebracht, schließlich als Nachweis verkaufen, als verstünden sie sich darauf, zu erhellen, was sich in einem früheren Dunkel zugetragen hat, als gewährten sie euch Einlass in Räume, deren Türen nur den Träumenden offen stehen. Ihr meint hineinzusehen, und doch ist Finsternis, wohin ihr blickt. Weil alles Lichtspiel bleibt, ein an die Wand geworfener Bilderlauf.

Nicht wer im Augenschein die Wahrheit sucht, vermag gerecht auf ein Leben zu schauen, nur der Liebende und offenen Herzens Staunende.

Er wird auch die im Dunkeln sehen.

I

Südlicher Fisch

(Adagio con pietà)

Engel im Schnee

Klee liegt auf dem Krankenbett, unter dem Flügelrad des Deckenventilators, das sich so tief in seine Gedanken schraubt, dass er nicht unterscheiden kann, ob es die Sommerhitze ist, die ihn bezwungen hat, oder ein inneres Feuer. Mit nach der Zimmerdecke gerichteten Augen liegt er da, den Blick schon taub vom Kreiseln. Manchmal verschwimmt sein Jetztbild mit einem früher geschauten: das Rotieren von Audiokassettenspulen hinter der durchsichtigen Plastikabdeckung eines Kassettenfachs. Oder Mädchen beim Reigentanz. Sie stemmen ihre Hände in die Hüften, stampfen, hüpfen, drehen sich. Ein Jauchzen, Klatschen, Lachen! Die Mädchen tragen Zöpfe. Alle bis auf Lily. Lilys Haar ist unfrisiert, immer ist es so. Lily tanzt für sich, zu einer anderen Musik, mit dem anderen Gesicht. Ein Zeitlupentanz ist das – adagio con pietà. Dann, gleich, noch ein anderes Bild: ein Kirchenchor, vielstimmiger Gesang. Und wieder Lilys Mädchengesicht inmitten der anderen Sänger. Und irgendwo beginnt das Feuer, und der Wind stößt ins Feuer und da aus hundert Kehlen *Ave, ave!* und *Heil, o wahrer Leib, der wahrhaft litt!*, und am Ende des Dorfs streut sich die Glut über trockenes Gras.

Klee schließt die Augen, hält sich die Ohren zu. Doch alles ist ja längst in seinem Kopf. Lilys Stimme auch. Die anderen immer leiser, die Einsager, Beschuldiger, die Schreihälse, Neider und Spötter. Lily aber meint es gut. Bestimmt meint sie es gut – wie damals auch, am eigentlichen Tag. Ein Wintertag muss das gewesen sein, und kein Tag seit dem Tag, an dem Klee nicht beim kleinsten Anstoß zurückfiel an den Ort und in die Zeit, wie die Plattenspielernadel bei der kleinsten Schramme an den immer selben

Punkt zurückspringt, sich da immer tiefer in die Furche fräst, bis sie einmal stecken bleibt. Man kann es kommen sehen. Immer sieht man es kommen. Ein wiederkehrender Wachtraum: Lily und der Mann mit dem Totenkopf am Kragenspiegel. Der treibt sie vor sich her. Und sie? Hinkend, aber aufrecht, im Kreuz den Lauf des Gewehrs, und immer noch den Trotz im Blick, ohne Eitelkeit. Und dann? Lässt sie sich rücklings in den unberührten Schnee fallen und tut wie die hölzerne Gliederpuppe des Kinds, wenn man an der Schnur zwischen ihren Beinen zieht, Arme und Beine ausgebreitet, dann wieder angelegt – und abermals so auf und ab –, und als der Mann sie weiterzwingt, bleibt da eine Vertiefung im Schnee, die aussieht wie ein Engel.

Klee blinzelt, nimmt die Hände von den Ohren. Sein Puls folgt dem Rotationstakt des Propellers. Die Schwüle bleibt. Sie ist ihm gut und er jetzt selbst Teil dieses Drehens, Schwindelns, Taumelns, Stürzens – *Ave, ave, verum corpus* – und gleich der große Knall, das Aufflattern der Vögel im Weingarten des Vaters, das Aufschrecken aus dem Schlaf, der zuweilen nur ein Halbschlaf ist, ein Dämmern, Dunkelsehen.

Seltsam ist: Er weiß nicht, wie der Tag zu Ende ging.

Draußen am Gang ist es ruhig. Auch drinnen, im Zimmer, ruhig. Nur das Windmaschinengeräusch. Manchmal mischt sich ein Surren hinein, das Kitzeln der Beinchen und Rüssel. Früher waren ihm Fliegen verhasst, und wütend hat er sie immer verscheucht, wütender, als es dem Zuschauer angebracht schien – wenn es denn einen Zuschauer gab –, denn der Zuschauer, wenn es ihn gab, sah ja nur den Tobenden, der nach den Plagegeistern schlug und dabei trampelte und schrie, nicht aber einen, der eigentlich die Erinnerung zu vertreiben suchte, die ihr Anblick in ihm weckte, und lebhaft, wie noch mittendrin, als stünde er immer noch dabei, wie Malik, der jüngere Bruder, damals ein Kind von vielleicht zwölf Jahren, neben dem toten Maultier kniet und weinend nach den Fliegen schlägt, die sich nach kurzem Reißausnehmen wieder und wieder auf Maul und Nüstern setzen, auf Wunden, in denen Maden sich biegen, und so, als stünde er noch dabei, wie Malik das tote Maultier streichelt und wie er sein Ohr an den Tierbauch drückt, als horchte er nach dem Klopfzeichen des Lebens. Und wie er es rüttelt, zu wecken sucht und dabei einen Namen sagt, den keiner außer ihm je in den Mund genommen hat: *Mila! Mila!*, immer lauter, dass Klee, um einer Rührung zu entgehen, ihm ängstlich ins Gewissen ruft, und diesen Ruf noch jetzt im Ohr – *Halt's Maul und sei ein Mann!*

Jetzt lässt er die Fliegen gewähren, hält still, dass sie da bleiben, freut sich am Kitzeln auf seiner Haut. Es ist die letzte Zärtlichkeit, die ihm noch zufallen kann. Das Streicheln eines Mädchens. Er kann sie deutlich sehen, die hohen Wangen und die kühn geschwungenen Brauen, ihr unfrisiertes Haar. Sie wirbt nicht, will nicht gefallen. In schlichter Schönheit steht sie da, wie eine blasse Maurin, eigenwillig und voll von Lust, alles an sich zu haben. Da winkt sie vor seinen Augen, *Ist da einer? Hören Sie mich, Klee?* Klee? Die Schwester scheucht die Fliegen fort, zerschlägt sein Bild und schlägt das Leintuch um. Wortlos greift sie nach seinem Geschlecht, zieht es aus der Flasche, die sie auf den Nachttisch stellt, säubert es mit einem Zellstofflappen, steckt es erneut in den Flaschenhals, bedeckt ihn wieder und geht. Klee blickt ihr noch nach, als er sie längst nicht mehr sieht. Er muss daran denken, wie er einmal in die Vase uriniert hatte, in die Vase der Frau. Gleich kommt der Oberarzt. Der Oberarzt mag seine

Fliegen nicht. Man muss ihm zu Gesicht stehen, sonst …! Was sonst? Die Schwestern kuschen, wenn er kommt. Sie plieren und girren und folgen aufs Wort und folgen auch ohne Worte. Sie geben zu Protokoll: Hoden beidseits vorhanden, etwa haselnussgroß. Der linke verschwindet bei Kälte. Ansonsten ist leiblich alles normal, nur der Geist ist ihm abgeirrt. Augenblicklich hat er die Grillen und bildet sich lebhaft was ein.

Der Arzt macht sich Notizen. Manchmal ein Handzeichen oder ein Eselsohr auf dem obersten Blatt der Krankenakte – soll wohl heißen: Hoffnungsloser Fall. Die Hoffnungslosen räumt man fort. Vielleicht sind die bei Gott, wenn es ihn gibt. Wer sagt denn, dass man keine Hoffnung hat? Er! Der Oberarzt ist obenauf. Er ist es, der die Fragen stellt, und stellt sie aus wie Fallen. Seit wann haben Sie Stimmenhören? Kann man das *haben, Stimmenhören*? Der Oberarzt notiert, sein Klemmbrett wippt. Musterblatt Krankheitsgeschichte. In die linierten Leerstellen des Vordrucks setzt er das gültige Urteil, schwarzblaue Schlingen, Schlaufen und Zinnen, Kuppen eines unbenannten Orts, die, ehe sie abtrocknen, das Röhrenlicht der Notbeleuchtung spiegeln. Festzustellen: Körpergröße 179 Zentimeter, Gewicht 70 Kilogramm, Statur mittel, Degenerationszeichen Passagerer Kryptorchismus, besondere Erkennungsmerkmale Regio pectoralis lateralis rechts kirschgroßes, altes Wundmal, Regio deltoidea links erbsengroßes, altes Wundmal sowie längliche, wulstige Narbe Regio hypochondriaca, Kein Parasitenbefall. Diagnose Schwachsinn. Der Oberarzt will ihn nackt. *Antworten Sie mir endlich! Wer glauben Sie, dass Sie sind?* Er spielt mit ihm das Ratespiel. Er wird das Spiel gewinnen. Er wird jedes Schweigen als Krankheitszeichen deuten, wie er jede

Antwort als Krankheitszeichen deuten wird. Er weiß am besten, wer Klee ist und dass der Klee wer ist.

Jedes Kind weiß: Auf einem mannshohen Sockel aus Stein stand auf dem Heldenplatz des Orts das Mal. Aus Gusseisen war das – ein Haudegen in Kniehosen und offenem Mantel, den Arm mit der geballten Faust zum Sieg gespannt, das Gewehr geschultert, den Blick in die Ferne gerichtet. Das wird der Klee gewesen sein. Oder einer wie er, gleich in Ruf und Gestalt. Sie haben das Denkmal fortgeschafft. Als wär es nie gewesen. Als wär der Klee nie gewesen. Doch halt! Die Heldenstücke sind belegt, aufgezeichnet und auf Band gesprochen, acht Kassetten, C90 Super Sound Magnetic Tape, handschriftlich mit Datum und laufenden Nummern versehen. Dazu noch die Plaketten, Ehrenzeichen, und seine alten Narben, die jeder mit freiem Auge erkennt. Es braucht kein Denkmal zum Beweis.

Nicht der, für den man mich hält.
Wie hat das angefangen?, fragt der Arzt.
Es hat geschneit, Herr Doktor.
Und dann? Und dann! Sie müssen sich erinnern!

Und wie das gehen soll: sich zu erinnern? Oft genug hat er's versucht, ist ganz in sich gegangen und aus sich, das schon Gelöschte wiederherzustellen. Und manchmal, blitzschnell, war es da, wenn er zum Tonaufnahmegerät geredet hat, zur Erinnerungsmaschine, Stunde um Stunde, Tag um Tag, ohne Rücksicht auf die Frau, ohne Rücksicht auf das Kind. Ja, da waren Frau und Kind. Bei denen hat er gelebt, mehr Anrainer als Mitbewohner, ein großer, schwerer Mann, und doch hat keiner ihn gekannt, nicht die Frau, nicht das Kind, nur die Männer, die an den Abenden kamen und bei Einbruch der Nacht verschwanden. Zu denen hat er geredet, anders als zur Frau. Zum Kind hat er kaum geredet, nur dann und wann ein Kosename oder Liebeswort, bestimmt als Ausgleich für das Schweigen, das Unbehagen, wenn es schwatzte oder Fragen stellte, wie die Kinder immer Fragen stellen, auf die man keine Antwort weiß. *Warum wird man geboren? Warum gibt's Tag und Nacht? Warum bist du so still?* Alles hatte still zu sein, und alle Welt schien stillzustehen, vor allem, wenn Klee zur vollen Stunde die Radionachrichten hörte und zwischendurch, an den langen Nachmittagen, in das eingebaute Mikrofon seines Kassettenrekorders sprach, wie man zu einem Vertrauten spricht, nur gründlicher – immer in der Vergangenheitsform, auch in Gegenwart des Kinds, das dann zu seinen Füßen saß, unterm großen Esstisch. Nur selten ein Schaudern, wenn er bemerkte, dass das Kind zu seinen Füßen ein anderes war als eben noch gedacht, ein nächstes Kind, fälschlich beim Namen der Tochter gerufen oder Ida, dem Namen der Frau. Wer sollte die Kinder auseinanderhalten, wo sie sich doch so ähnlich sahen, dass man sie gern in Reih und Glied angeordnet hätte, damit nur keins verlorenginge, wie die hölzernen Schachtelpüppchen, der Größe nach auf dem Wandbrett der Frau. Nur zur Zierde standen sie da, weil Ida immer vorhersah, dass sie zerbrächen oder verlorengingen, wenn das Kind sie für ein Spiel gebrauchte, klein und zierlich, wie sie waren. Eine solche Haltung zum Kind musste ungerecht sein. Umso größer Klees Bedenken, weil sein hauptsächliches Gefühl für das Kind eine Gereiztheit war. Die noch zügellosen Triebe des Kleinen beunruhigten und bedrängten ihn, obwohl er ohne zu zögern geschworen hätte, es über alles zu lieben, genau wie das eigene Kind. So hat er es, wenn es sich fortstehlen wollte, gleich gelockt und gerufen, damit es in Sichtweite bliebe, damit ihm diesmal nicht entginge, wie so ein Menschlein heranwächst und lernt, wie es irgendwann fortzieht; und wie das wieder nächste kommt, früher oder später, wie bei Idas Schachtelpüppchen, die man an der Bauchfurche teilen konnte, dass sie ein kleineres gebaren und immer so weiter, zwiebelartig, bis zum kleinsten, das nicht aufzubrechen war. So wäre alles gut, ein ständiges Wachsen und Mehren, und die Kinderseele bliebe allen inbegriffen, wie die Vorfahren in Ziegen und Schafen, Bäumen und Steinen inbegriffen waren, wie man selbst alsbald in Balg und Borke: Ein Abkömmling nach dem anderen, ausnahmslos vom gleichen Blut. Und dieser da, das Kindeskind, noch anhänglich und biegsam, denn geliebt hat ihn das Kind, den nur im Kreis der Männer Mitteilsamen, wenigstens Angst hat es um ihn gehabt – und war nicht auch die Angst ein Liebeszeichen? Rief er es beim Namen, kam es gleich herbei, denn so ein Kind weiß noch um seinen Platz – und es braucht einen auch, weil man es auf den Schultern trägt, wenn es nicht mehr gehen mag. Mit den Jahren war's ihm schwer geworden, als hätte er mit letzter Kraft die Last der Welt zu tragen. Und wie er zuletzt keuchte unter dem Gewicht des Kinds, das da vielleicht kein Kind mehr war! Und das Kind, wohl berührt von seinem Keuchen, aber nicht genug, die Annehmlichkeit aufzugeben. Wie die meisten Kinder war es nur zu der Art Dankbarkeit begabt, die gleich nach der Erfüllung neuer Wünsche schielt. Doch wie dem Kind was abschlagen, wenn immer etwas zu begleichen bleibt – das dauernde Verspätetsein, die Übellaunigkeit?

Geschneit? Und dann? Der Oberarzt wird laut. *Wie hat das angefangen?* Klee starrt und schweigt. *Und dann?* Man kann es kommen sehen, und immer sieht man es:

Das Kreiseln des Ventilators, rotierende Kassettenspulen, gespiegelt in den Pupillen des Kinds. Die Mädchen beim Rundtanz, wieder, und Lily mittendrin. Dann Lily mit dem Totenkopfmann, im Kreuz den Lauf des Gewehrs. *Erinnern Sie sich!*, brüllt der Arzt, brüllt wie der mit dem Totenkopf, den Gewehrlauf auf ihn gerichtet, den Finger am Abzug, *Peng!* Klee schlägt um sich, schreit wie ein Kind, ruft immerzu einen Namen. *Um Himmels willen, beruhigen Sie sich! Es ist nur eine Spritze!* Man bändigt ihn, der Arzt drückt ab. Schlagartig ist es still.

Das Glück der anderen

Am Anfang weiß man nicht, dass es ein Anfang ist, dass etwas beginnt. Es beginnt einfach. Im Anfang war kein Wort. Klee war gebürtig, wo an den Wochenbetten kein Lachen und an den Sterbebetten kein Weinen war und Ahnung schon Gewissheit. Wieder und wieder ist er geboren, in allen Abenteuern und Erfindungen, eigenen wie fremden. Da war das südliche Land, namenlos, eingenommen von immer neuen Eroberern, deren Herkunft den Nachkommen noch heute in Wesen und Gesicht geschrieben steht: Maghreb. Levante. Illyricum. Mauretanien, vielleicht. Einige kamen im Namen des Kalifen von Afrika über das Meer, brachten Kümmel, Orangen, Tamarinden oder Krieg. War nicht Krieg, war's eine Zwischenzeit, eine Nach- oder Vorkriegszeit. Nur sprach man nicht vom Kommenden, und Krieg blieb ein Vergangenheitswort, nur im Rückblick brauchbar. Flüchtige und Suchende hatten dem Land immer neue Worte und Bräuche aufgedrückt, auch die Irren und Verbrecher, die man hierher verbannte, auch die Schiffbrüchigen, Piraten und Schmuggler, die irgendwann gestrandet und dageblieben waren, und nicht weil sie sich etwas versprachen, und kaum je aus freien Stücken. Ihre Nachkommen, prächtige Mischlinge aus Bunten und Bleichen, sprachen eine Mundart, deren Worte derb, deren Klänge aber warm und weich waren, auch wenn sie sehr laut redeten, wie zu weit Entfernten, wahrscheinlich zu den Ahnen, den vorzeiten in den Ländern ihrer Abstammung Zurückgebliebenen. Eine Sehnsucht war ihnen angeboren, deren Richtung keiner mehr kannte und der doch mancher folgte. Und wie das Meer über Nacht den einen brachte, riss es den anderen wieder fort.

Da war das Dorf, den Jungen nicht gut, um sesshaft zu sein, den Alten nur zur Dauer, und nur der Krieg noch zum Beweis, dass das Land etwas galt, der Ort der langen Tage, des Wartens auf die Heimkehr eines jeden, wie auch die Dagebliebenen Abwesende waren. Den meisten dort fiel niemals ein, zu fragen, ob sie zu Höherem bestimmt seien als zu Plage, Gottesfurcht und Pflicht, und was hoffen oder hadern, wenn einer ums Schicksal doch nicht herumkam. Stumpf gegen die Not des Vertrauten, schien die Not geratener als der Aufbruch in ein anscheinendes Glück, das seine Versprechungen bestimmt nicht einzulösen vermochte, einen vielleicht in ein neues Unglück stürzte und damit um das Gute brächte, das im Alten war – Einverständnis, Zugehörigkeit und ein fester Platz bei Tisch. Alles sollte bleiben, wie es war, auch wenn die Treueschuld alle Leidenschaft überdauert und sich das Herz schon so erkaltet hatte, dass es nicht Lust noch Freude und nicht einmal mehr Trauer fassen konnte. Die Frauen belauerten die Männer, damit sie nicht vom Weg abkämen, nicht in Suff, Wahn oder eine Liebschaft entwischten. Den Mädchen schnitten sie die Zöpfe, um Eitelkeit und Übermut zu bändigen, und redeten ihnen vom Alb, der sich nachts mit den Unfolgsamen paare, ohne dass sie es bemerkten. Den Knaben erzählten sie von Nymphen, die den Samen schlafender Männer raubten, und schürten die Weiberscheu, dass sie sich vor einer jeden in Acht nähmen, die vor den Unwettern auf dem Feld blieb, trotz voller Teller hager war oder, wenn man sie kniff oder trat, keine Träne weinte; vor einer jeden übrigens auch, in deren Haus sich ein Spiegel trübte – und alle Spiegel trübten sich, früher oder später. Und weil die Frauen nicht sicher wussten, ob die weltlichen Maßregeln geeignet wären, sich die Männer und Kinder zurechtzubiegen, und da sie zu beschäftigt waren, sie fortwährend zu bespitzeln, drohten sie mit einem strafenden Gott, dem nichts verborgen bleibe.

So war der Umgang zu der Zeit. Die Zeiten dauern fort. Man blieb einander untertan, bereit, den Eiferern alles zu glauben, dem Herzen aber nichts. Und die Mädchen welkten vor der Blüte. Und die Männer versagten sich die Träume, bis der Schlaf sie mied und sie die schwere Müdigkeit befiel, die nur den Tod als Ausgleich kennt, wie dem an Leidenschaft Erkrankten sonst nichts blieb – außerstande, einem Gott gerecht zu sein, der ihm auf dem Pfad der Tugend zur schwersten Prüfung das Weib beigesellt hatte, dass ihm die ärgste Not nicht Mühsal oder Mangel sei und nicht einmal ein Krieg, sondern der Aufruhr seines Geschlechts. Die Frauen beglichen ihn mit Fleisch und Blut. Es wuchs in ihren Schößen, bis es nach stundenlangem Wälzen zwischen Kot und Nässe herandrängte, einmal als scheinbares Leben, ein andermal reglos, fahl oder blau oder, wenn eine mit dem Teufel im Bunde gewesen war, als groteske Kreatur, von Jelka eilig in ein Windeltuch gepackt und weggelegt, um der Mutter den Anblick zu ersparen. Zuckte oder schmatzte es, schlug die Hebamme ein oder zwei Mal mit einem Holzscheit auf das Windeltuch, an der Stelle, wo sie das Köpfchen wusste, so, wie es die Fischer mit den Brassen und Sardinen taten, wenn sie in den Leinensäcken unerwartet zu zappeln begannen. Danach schlug sie ein Kreuz und hob zu jammern an, bis sich das Tor zur Hölle wieder schloss – *Gott gibt, Gott nimmt,* wie man nur ausrief, wenn er nahm.

*

In manchen Sommern, da nicht ein Tropfen Regen fiel, sengte die Sonne die Erde zu Staub, und der Wind trug den Staub aus den Scharten des Karsts und blies die Saat aus den Äckern und streute sie weit übers Meer. In Zeiten der großen Dürre, wenn Kinder und Tiere wie Fliegen starben und die Frucht lange vor der Reife zu welken drohte, pilgerten die Dörfler zur Kapelle des heiligen Antonius, das letzte Stück immer barfuß, den Zürnenden zu erweichen. Man versagte sich das Feiern, Tanzen und Freuen und machte ein finsteres Gesicht, damit Gott gleich bemerkte, wie bitter man die Schuld abtrug, die man sich aufgeladen hat. So ging das, bis der Regen kam und alles seinen gewohnten Lauf nahm und von allen Türmen und aus allen Höfen und Fenstern wieder das Leben lärmte.

Auch mit Klee nahm alles seinen Lauf, aber anders. Der jüngste Sohn des Darovan, eines braven Bauern, der nur beim Militärdienst fremdes Brot gekostet hatte, war ein stürmisches, bockiges Kind, ängstlich gegen die Gestalten seiner Fantasie, achtlos gegen die echten Gefahren oder das, was man dafür hielt. Auch hatte er die Neigung, sich affig aufzuführen, wenn er die Hofleute von der Arbeit ernst und einsilbig fand. Oft spielte er so lange den Schelm, bis ihn ein Weinanfall schüttelte, weil er wieder durchschaut hatte, dass das ausgelöste Lachen kein Beifall und nicht einmal ein Zeichen des Frohsinns, sondern mehr ein Auslachen war. Mit der Zeit lenkte er seinen Ehrgeiz auf anderes, zeigte sich bald in allem geschickt, was Wendigkeit, Kraft und Mut erforderte, auch wenn die Leute nun sagten, er habe Hummeln im Arsch.

Ja, so war das mit Klee. Seine guten Wünsche und Absichten wuchsen höher in den Himmel als die Friedhofszypressen, doch vergaß er darüber, dass alles, was einer ungebeten zu seinem und anderer Glück in Angriff nahm, misslingen konnte, wo man am Ende nur das Ergebnis in Betracht zog, nicht aber den guten Vorsatz, mit dem die Tat vollbracht war. Es beunruhigte ihn, dass die Mutter, auf deren natürliche Klugheit er große Stücke hielt, nicht begreifen wollte, warum er die letzten Schlückchen Ziegenmilch an die Katzen gab oder die Stalltür mit Honig bestrich, um der Fliegen Herr zu werden, die um die Augen des Maultiers wimmelten. Auch dass ihn die Mutter geohrfeigt hatte, als er ihr einen Strauß Nelken entgegenstreckte, überzeugt, dass die Blumen der Mutter mehr Freude bereiteten als der verstorbenen Trödel-Kata, die schon als Lebende so schwachsichtig war, dass sie den Tag nicht von der Nacht zu unterscheiden wusste. Und gleich die zweite Ohrfeige, weil er auf die Frage, woher er die Blumen habe, nur die Achseln zuckte, um der Mutter das Wort zu ersparen, das jeden sofort an den Tod denken ließ. Und gleich die dritte, weil er auch die Lüge abstritt – wer wollte denn einen Lügner zum Sohn! Gott, dem nichts verborgen blieb, dachte bestimmt wie er: Es war ein Zeichen der Liebe, ihr Schlechtes zu ersparen, auch wenn ihm die Mutter die geschönte Wahrheit in derselben Weise krummnahm, wie sie die ungeschönte krummgenommen hätte, dass es einem vorkommen konnte, als ob vor dem Gesetz des Anstands ausgerechnet das in bester Absicht Getane übel ausgehen musste.

Natürlich wusste Klee nichts Besseres, als fest im Willen zu bleiben, das, was ihm gut und wichtig schien, ungestüm zu verfolgen. Schon in seinem fünften Jahr, die Ernte war wieder gering und der Hunger groß, klappten die Dorffrauen ihre Fensterladen zu, sobald sie ihn auf der Straße sahen. Zuvor hatte die einäugige Manda beobachtet, wie er etwas nach dem Schwalbennest unter ihrem Dachsims warf, worauf sie ihn weithin hörbar einen Steinschmeißer schalt. So glaubten nun alle zu wissen, wem Gottes Zorn hauptsächlich galt. Kann sein, dass die einäugige Manda die Brotkrume wirklich für einen Stein gehalten hat, aber wahrscheinlich ist das nicht, wo sie doch mit dem einen heilen Auge so adlerisch sah, dass sie damit in die Zukunft blicken konnte, eine Gabe, die sich die Dorffrauen eifrig zunutze machten, wenn Ungeduld und Neugier an ihren Seelen fraßen. Sie glaubten dem Mädchen jedes Wort und hielten eisern daran fest. So blieb der Klee der Steinschmeißer – und blieb es auch nach Mandas Verwandlung. In einen Zustand gefallen, der ihr die seherischen Kräfte raubte, glaubte sie sich von einem Dschinn besessen und suchte rasch den Pfaffen auf, ihr diesen auszutreiben. Der redete ihr den Dschinn wohl aus, in langer nächtlicher Prozedur. Doch war sie danach nicht heller. Im sechzehnten Jahr ihres Lebens begann sie, Grimassen zu schneiden und wie ein Tier zu stöhnen, nur noch zum einzigen Satz begabt – *Manda, Manda, schönes Kind.* Obendrein verständigte sie sich durch Zeichen, ganz nach Kinderart, und fing auch wieder an, mit ihrem Püppchen zu spielen.

Einmal versuchte Klee zu erklären, dass der vermeintlich geworfene Stein nur eine winzige Brotkrume war, da nannte man ihn Lügner. Und als er darüber in Zorn geriet, tippten sich die Leute mit dem Finger an die Stirn, um ihm zu bedeuten, dass ein Vogel in seinem Kopf niste und wohl den Geist störe. Niemand konnte ihm helfen. Am wenigsten die Mutter. Was immer sie entgegenhielt, gleich hieß es nur, ein Mutterherz sei blind und niemand weniger glaubhaft als eine, die gut von ihrem Kinde spricht.

*

Jelka aber glaubte an Klee, und so, wie man an Gott glauben konnte – oder einen Größeren. Ungewöhnlich war das, weil sich die Erwachsenen sonst nicht darauf verstanden, den Kindern etwas nachzufühlen, geschweige denn es Schwalbenjungen nachzufühlen, die zum Erbarmen nach der Mutter ziepen. Nur der Hebamme war es gegeben, in die Seele des Kinds zu sehen. An der Schwelle des Lebens, noch vor dem ersten Schrei, hat sie Klee den Finger auf die Lippen gedrückt, damit er die Weisheit der Engel nicht an die Irdischen verriete. Daher die kleine Vertiefung über seinem Mund, für die sie beide keinen Ausdruck hatten. Manchmal befühlte Klee die Stelle, wenn Jelka davon erzählte, und sie führte ihn an den ersten Augenblick, hinter die Zeit, weit nach den Zwischenwelten, die man bewohnt, solang man keine Worte hat.

Dann und wann strich sie ihm sanft übers Haar, mit ihren großen Händen, die hundert Kinder auf die Welt gezogen haben, lebende wie tote, und selbst die Winzigsten und die in durchsichtigen Häutchen Eingeschlossenen, bei denen unentschieden blieb, ob sie menschlich waren. Sobald einer Mutter die Milch eintrat, legte Jelka ihr ein Kätzchen an, um Entzündungen abzuwehren. Sank eine ins Fieber, gab sie ihr einen Sud von Salbei und Gräsern und lockte sie mit Zuspruch aus den Fantasien.

Freundlich war Jelka und klug. Sie lehrte Klee Weisheiten und Flüche und war ihm zugetan, wie ihm sonst nur die Mutter zugetan war, wenigstens in den seltenen Augenblicken, da ihr einfiel, ihren Jüngsten zwischen den Tieren, Feldfrüchten, Findlingen und Brautschätzen noch gar nicht recht erkannt zu haben. Jelka hingegen erkannte alles – auch die andere Welt. Die lag in ihrem Wandschrank, papieren, Bogen für Bogen in einen Umschlag aus Leinen geknüpft, verschlüsselt in geheimen Zeichen, Runen, Hieroglyphen. An besonderen Tagen nahm sie das Buch aus dem Schrank und las Klee daraus vor, und nie war er des Hörens satt, denn es lag ein Staunen darin, größer als im Zuschauen, größer als im Anschauen – etwas Allsichtiges musste es sein! Eines Tages, dachte er, würde er die Wahrheit der Geschichten gegen die Wahrheit der Dorfleute durchsetzen, ihnen vom nördlichen Land erzählen, wo das Wasser winters zu Kristall gefror, dass man darauf gehen konnte. Und bestimmt war es auch mit Jesus so, als er übers Wasser ging. Klees Füße überholten den Wind und augenblicklich war es weit um ihn, und die Schneeflocken fielen wie Federn vom Himmel in irgendeiner großen Stadt, wo so viele Menschen und Häuser waren, und nicht genug Platz, dass alle Leute einen Garten besaßen, aber ein riesiger Park, ein Vogelgarten mehr, und Verliebte Hand in Hand – war das nicht unglaublich? Da war der Park, nachts. Seit Stunden fiel Schnee, dämpfte den Lärm der Straße. Mit jedem Windstoß oder wenn die noch jungen Zweige unter der neuen Last nachgaben, fielen Batzen von den Ästen. Rieselnde Nebel in den Lichtkegeln der Scheinwerfer und Laternen. Im nördlichen Teil des Parks, der Weg da nur noch zu vermuten, gingen sie, ein Mann und eine Frau. Sein Gang war schnell, sie suchte Schritt zu halten. Einmal stolperte sie, wie sie da stapften, nebeneinander, in gleichbleibendem Abstand, als ginge ein unsichtbarer Dritter zwischen ihnen. Dann blieb die Frau zurück, streifte mit ihrem Wollhandschuh die beschneite Lehne einer Parkbank, warf, was sie zu einer kleinen Kugel gedrückt hatte, nach dem Mann, verfehlte ihn nur knapp. Er bückte sich, griff mit bloßen Händen in den Schnee, holte aus, traf sie am Mantelkragen. Sie duckte sich, lief auf ihn zu, warf abermals. Vergeblich!

So ging das Spiel dann eine Zeit. Die Schneebälle zerbarsten am Mantel der Frau, an den Baumstämmen auch. Ab und zu fuhr einer ins Nichts. Oder landete sonst wo.

*

In Klees Dorf war es keinem Mann erlaubt, mit einer Frau in Zweisamkeit zu sein, die ihm nicht verwandt war. Der Teufel, hieß es, sei stets der Dritte im Bund. Nicht einmal die ältesten Weiber öffneten einem Mann die Tür, wenn sie alleine waren. Manche freilich umgingen die Bestimmung. Wer konnte, hielt sich ein Anstandskind, ein Schwesterchen oder Cousinchen, und hieß den Hausfreund bei jedem Besuch dem Kind ein Schweigegeld zahlen.

Auch Klee bekam sein Schweigegeld, denn abgesehen von den Frauen, die Jelka um Hilfe ersuchten, kam manchmal auch der Matrose. Jelka hatte Klee anvertraut, dass der Dukaten scheiße, wenn sie ihm nur behilflich war, wozu sie sich ein jedes Mal mit ihm aufs Zimmer zurückzog, während Klee in der Küche achtzugeben hatte, dass niemand vorbeikomme. Doch welche Mühe musste es sein! Wie Klee es von den Kreißenden kannte, stöhnte und ächzte der arme Mann, und kaum dass er erleichtert war, stürzte er mit glühendem Kopf aus dem Zimmer, husch, husch zum Tor hinaus, wo er sich nach allen Seiten hin umsah und eiligen Schritts verschwand. Jelka aber trug die schöne Röte lohnender Anstrengung im Gesicht, reichte Klee drei Münzen und drückte ihm den Finger auf den Mund, denn verriete er auch nur ein Sterbenswort, ginge dem Matrosen die wunderbare Begabung unwiederbringlich verloren.

Auf dem Nachhauseweg schnupperte Klee an den Geldstücken, die anders rochen als das, was man normalerweise ausschied. Dann steckte er sie ein und gab sich ganz an das

Klimpern in seinem Hosenbeutel und fühlte sich so reich beschenkt, dass ihn die Furcht vor der Unbeständigkeit des Glücks erfasste, die wohl auch eine Gottesfurcht war. Von Kindesbeinen an war er ermahnt, dass alles Süße, was einem widerfuhr, durch etwas Bitteres zu begleichen war und dass, wer übermütig nach der Sonne griff, irgendwann abgrundtief stürzte, weshalb er gleich zur Kirche lief, zwei der drei Dukaten in den Opferstock zu werfen – schweren Herzens über den Verzicht, aber erleichtert, seine Schuld und Gottes Neid auf diese Art zu tilgen.

Dennoch musste er wieder erfahren, dass im guten Sinn nicht immer das Gute verborgen lag. Nachdem ihn der Messdiener zum dritten Mal beim Opferstock gesehen und der spitzzüngigen Frau des Turekbauern den Verdacht gesagt hatte, wussten bald alle im Dorf Bescheid, dass der Klee ein Anstandskind war – der Steineschmeißer ein Schmieresteher! Beteuerte er, dass der Matrose kein gemeiner Freier, sondern ein braver Geldscheißer sei, zeigten sie ihm wieder den Vogel und spotteten und höhnten. Spott und Hohn veränderten Klee. Es begann ihm zu gefallen, dass die Fensterladen zuklappten, sobald er des Wegs kam, oder dass die Frauen in den Gassen bei seinem Anblick das Kreuz schlugen. Es machte ihn sogar stolz, ein solches Ansehen zu haben. Nur eine im Dorf übertraf ihn darin, wenn auch im Geheimen: Kam das Gerede auf Jelka, dämpften die Leute die Stimmen, als sprächen sie über eine Drude, deren Handwerk man nicht tadeln durfte, wollte man nicht Gefahr gehen. Sie hielten einander die Münder dicht an die Ohren und wärmten sich an ihrem Atem. Dann und wann fiel ein Wort aus dem Gemurmel, ein Wort, das einem zu lange im Kopf herumgegangen war, dass es geradezu herausbrach, lauter als gewollt. *Engelmacherin* war so ein Wort. Klee gefiel das Wort, denn Engel waren schöne Wesen, und es konnte nichts Schlechtes sein, sie selbst zu erschaffen, wenngleich er sich nicht ausmalen konnte, wie Jelka es wohl anstellte. Er ahnte, dass es klüger wäre, nicht danach zu fragen, denn manches war ihm zu Ohren gekommen, das ihn stutzen ließ. Man wollte Jelka dahintergekommen sein, die wider Willen in Umstände Geratenen zur Ader zu lassen und zu schnüren, mancher sogar Nadeln einzuführen, um das Ungewollte vor der Zeit aus ihr zu entfernen. Danach, so erzählte man sich, durchbohre sie sein Herz, damit es nicht zurückkomme und seiner Mutter ein Leid antue oder sich in ihrem Geist einniste. Der Mandelbaum vor ihrem Haus zehre gewiss von den Toten. Sein Laub sei so dicht, dass kein Sonnenstrahl es durchdringen könne, sein Schatten so kalt, dass man darin erfror.

Ein anderes Wort war *Hure*. Doch hatte Klee auch dazu kein Bild, weshalb es ihn nicht erschreckte. Bestimmt hieß es einfach *Weise Frau* oder nur *Erzählerin* oder *Die Hilfsbereite,* denn all das traf auf Jelka zu. Es brauchte seine Zeit, bis Klee begriff, dass es den Schmähsüchtigen noch nie darum gegangen war, ob etwas zutraf oder nicht, und dass sie eine solche Lust daran hatten, sich auf anderer Kosten die eigene Schande vom Leib zu halten, dass man gar nichts anstellen musste, um von sich reden zu machen. Auch ihm schoben sie ganz nach Belieben jede Schuld in die Schuhe. Wehte der Wind über Nacht ein Mieder von der Wäscheleine, hieß es gleich, er habe es gestohlen. Trug ein Baum spärlich Früchte, hieß es, er pflücke heimlich davon. Und wenn die Mutter ihn ihr *schwarzes Böcklein* nannte, klang es bekümmert, wohl weil sie wusste, dass ein schwarzes Schaf niemals ein leichtes Leben hatte, vielmehr schon als Lamm ausgesondert und früh geschlachtet würde, zur Feier der Heiligen Muttergottes oder zu anderer Gelegenheit. Oder vielleicht, weil auch sie daran glaubte, dass ein schwarzes Schaf Unglück über die Herde bringe. Die liebe Mutter tat ihm leid, gut und fleißig wie sie war, doch seinetwegen so schief angesehen – einmal mitleidig, einmal schadenfroh, einmal vorwurfsvoll. Leid tat ihm auch der Vogel, der bestimmt ungewollt in seinen Kopf geraten war und da nicht mehr herausfand. Glaubte er sich unbemerkt, redete er dem Tier gut zu, auch um sich selbst zu beruhigen, denn wenn es still war, kam die Angst, der Vogel könnte wachsen – oder die Fassung verlieren. An guten Tagen war er zuversichtlich, dass die Natur alles in Ordnung bringe, meinte dann sogar, dass er in seiner Eigenart sicherlich vollendet sei, trotz der Hummeln im Arsch und des Vögleins im Kopf und trotz des Drangs, auf Bäume und Mauern zu klettern, um von dort aus zu entdecken, was anderen verborgen blieb. Mochten die Dörfler sich noch so erregen – ein Tunichtgut sei er, ein Taugenichts –, ein Feigling war er jedenfalls nicht.

Klee begann die Dörfler zu belauern – beim Nasenbohren und Saufen, beim Lügen oder Stehlen, beim Verrichten der Notdurft und allem, was Nackte sich tun. Alles gab er, eines erregenden Anblicks teilhaftig zu werden, platzte in den Waschraum, wenn die Mutter der Wanne entstieg, oder ins Mägdezimmer, wenn eine sich da auszog, bis er bemerkt zu haben meinte, dass sich die jüngere der beiden absichtlich zur Schau stellte, mit geklafften Beinen auf dem Bett sich räkelnd, grad wenn er ins Zimmer kam. Von da an wünschte er, eine Kappe zu besitzen, die ihn unsichtbar machte, um alles aus nächster Nähe zu erleben. So könnte er tun und lassen, was ihm gefiele, sehen, wen er wollte, selbst von keinem gesehen. Bei den Mägden, dachte er, lohnte es am meisten. Waren sie abends unter sich, trieben sie seltsame Spiele. Manchmal sah er sie durchs Schlüsselloch. Im zitternden Licht der Wachskerzen saßen sie murmelnd am Boden und schoben einen umgedrehten Trinkbecher über einen auf ein Stück Karton gemalten Buchstabenkreis oder schoben ihn eigentlich nicht, denn obwohl sie ihre Fingerspitzen auf den Becher hielten, schien der wie von Geisterhand bewegt. Wieder und wieder riefen die Frauen den Namen eines Toten und stellten ihm Fragen, die Lebenden zu stellen keiner je gewagt hätte. Die Antwort setzte sich aus den Buchstaben zusammen, zu denen der Becher unter ihren Fingern der Reihe nach ausglitt. Dann, je nachdem, ob ihnen die Auskunft in den Kram passte oder ihre Hoffnung zunichte machte, kicherten oder schluchzten sie und lagen sich in den Armen oder saßen einfach da und blickten stumpf vor sich hin.

Der Blick durchs Schlüsselloch verhieß die größte Lust. Doch offenbarte sich, was mancher gern geheim gehalten hätte, oft genug geradeheraus, wenn die Leute ihre peinlichsten Triebe durch heftige Abwehr verrieten, sobald sie sich in anderen gespiegelt sahen: Da zog der Schwerenöter über den vermeintlich Treulosen her, um sich die eigene Sittlichkeit vorzumachen. Da zeigte der Langfinger auf den Dieb, der Säufer auf den Trinker, der Spitzbub auf den Bengel, der Faulpelz auf den Bummler, und wer am lautesten Lärm schlug, wenn einer Gott verwünschte, kann sich ein jeder denken. So war es nicht verwunderlich, dass sich ausgerechnet die kaltblütige Fischersfrau als Klageweib aufspielte, sich eifriger als jede andere zeternd und heulend die Haare raufte, mit Asche bewarf, auf die Brust schlug und an der Bluse riss. Oder dass sich ausgerechnet der Auskundschafter, der dem Pfaffen immer zutrug, wer sich vor der Andacht drückte, Klee entrüstet von der Leiter stieß, als er ihn dabei ertappte, wie er in die Schlafkammer der Fischersfrau spähte. Es schien den Menschen auferlegt, gegen ihre Natur zu tun, wenn sie einen Makel an sich merkten. Der Faule gab sich fleißig, der Dumme geistreich, der Selbstgerechte gefällig, und die den Hals nicht vollkriegten und einander nicht einmal das bisschen staubige Erde unter den Fingernägeln gönnten, warfen an den Feiertagen am meisten in den Klingelbeutel. Und wenn sie ihre Kinder vor Klee warnten, so bestimmt nicht, weil sie das Steineschmeißen und Schmierestehen für ansteckend hielten, sondern weil sie fürchteten, dass etwas in den Kindern Angelegtes durch sein Vorbild zum Vorschein käme.

Zwar erkannte Klee schon früh, dass einer vom anderen noch lange nichts wusste, wenn er nur Ohren hatte für das, was er sprach, und Augen für das, was er tat, ohne den wachen Sinn für die tieferen Vorgänge seiner Seele, die nicht in Wort und Handlung Ausdruck fanden. Aber was half es, die Leute zu durchschauen, wenn sie doch allgemein als die angesehen blieben, zu denen sie gestempelt waren.

*

Als der Sommer wieder nicht enden wollte und die Tränken der Ziegen und Esel leer blieben und die Gräser auf den Triften bei jedem Schritt knisterten, war der Schuldige längst ausgemacht. Das Wasser, das die Frauen aus dem einzigen Brunnen schöpften und in schweren Eimern zu den Häusern und Höfen trugen, war bald für das kleinste Beet zu knapp. Nichts blieb als ein Gähnen und Dulden, die Flucht vor Sengen und Glimmen in Häuserschatten und unerhörte Gebete, und mancher tat es den Katzen gleich, die in der Kapelle des heiligen Antonius an der

Weihwasserpfütze leckten, bis auch das kalkverkrustete Becken trocken blieb. In diesen Tagen, erzählte man sich, schwelte die Luft über dem Stampfasphalt, und mancher Dörfler schwor Stein und Bein, auf der großen Straße, am helllichten Tag der Heiligen Jungfrau oder einem Frischverstorbenen begegnet zu sein. Die Mägde taten das Ihre, rutschten auf Knien betend durch die Stube und verteilten Eierschalen auf dem Herd, um die Hausgeister freundlich zu stimmen. Sie trugen Wetterkreuze aufs Feld und deuteten die Sterne, den großen Bären und den kleinen Wagen, die Cassiopeia und den Südlichen Fisch.

Unrast war in den Köpfen, und manch einer, des Frömmelns überdrüssig, bestieg ein Schiff oder das Weib eines anderen oder den Selbstmörderfelsen. War wieder einer gegangen, erzählte man den Kindern, der Sturm habe ihn geholt, wie der Sturm jeden mit sich reiße, der sich Gott nicht beugen wolle, und die Bauern bückten sich nach dem welkenden Weinlaub und nach den noch unverholzten Rebenwurzeln und ließen beim Anblick der Beulen und Knollen die fleißigen Hände sinken und schauten zum Himmel und fanden nichts, und alles war dahin.

Filoxera war das Wort, ein Fremdwort für den Fluch, und die Dörfler sagten es, wie der Fromme Teufel sagt, ahnungsvoll und kleinlaut. Schon riefen die Bauern den Pfaffen, die Rebgärten zu besprengen, obwohl es kaum noch Wasser gab. Weil aber das Weihen wirkungslos blieb, zogen die Bauersfrauen und Mägde selbst auf die Felder und schlugen die steinige Erde mit Myrtenruten und murmelten uralte Zaubersprüche, um die Kerfe und Irrwische zu verscheuchen. Dabei warfen sie einander scheele Blicke zu, ob sich nicht eine von ihnen schuldig gemacht habe, und manche sah Klee zornig an, als würde sie lieber ihn verprügeln, der nicht von der Seite der Mutter wich, während die vor sich hin raunend aus Leibeskräften auf den Boden eindrosch, dass es nur so staubte und die Splitter der Myrtenruten nach allen Seiten hin spritzten. Aber auch das umsonst. Wenige Tage später stand Klee dabei, als der arme Vater von Rebstock zu Rebstock lief und die Blätter befühlte und das Holz befühlte mit seinen großen, rauen Fingern, mit denen er ihm, dem Sohn, einmal über den Kopf gestrichen und die er gleich eilig zurückgezogen hat, als schämte er sich für die Zärtlichkeit. Und wie der Alte plötzlich aus der Haut fuhr und nach den Raben wirbelte, die reglos auf den Schultern der Vogelscheuchen und auf den Wetterkreuzen saßen, wie in einem irren Tanz, schreiend, händeringend, um sich schlagend – und dann, die Arme ausgebreitet, sich wie ein Derwisch drehend, als wollte er die Welt umfangen, allem Vater sein. Eine Zeitlang ging das so. Dann sank er in die Knie, schlug die Hände vors Gesicht und schluchzte dabei so laut auf, dass man es im ganzen Dorf und wahrscheinlich sogar noch in Daleko, Kotor und Levante hören konnte. Als Klee sich ihm nähern wollte, schnellte der Alte mit einem Mal hoch und begann, was er in den Jahren gepflanzt und besorgt instand gehalten hatte, wütend aus- und abzureißen, und fluchte Gott und stürzte zu Boden und brach in ein düsteres Lachen aus. Da hielt der Klee sich die Ohren zu und lief betäubt nach Haus.

Die beiden Brüder eilten zum Feld und brachten den Vater zum Hof. Oder war es ein anderer? Wohl glich der ihm auf der Außenseite, doch schien er von einem anderen Geist beseelt. Schweigsam, unnahbar saß er da und nahm jetzt alles billigend hin, was um ihn geredet wurde. Sogar das eine versagte Wort, das Sehnsuchtswort der Treulosen und Schwärmer, die alles Väterliche aufs Spiel setzten für ein fremdes Elysium: Strotzende Böden. Endlose Freiheit. Glück und Sattheit. AMERIKA! Niemand unter Vaters Dach durfte das Wort gebrauchen. Wenn einer der Brüder ins Schwärmen kam über riesige Straßen, die nachts beleuchtet seien, oder süßes Wasser, das aus metallenen Hähnen floss, sobald man daran drehte, rief er *Hokuspokus* und schüttelte drohend die Faust. Der jetzt an seiner Stelle saß, sprach es nun selber aus, sagte es zu den Brüdern, redete es ihnen ein. Hier nämlich nichts als die Hand in den Mund, ein jeder ein Esser zu viel. Und wie der Alte das sagte, ließ Klee den Löffel in die dünne Suppe fallen und stürzte aus dem Haus und wusste nicht, wohin. Dann lief er zur Kirche und trat vor Gott. *Wenn ich an allem schuld bin, nimm doch mich!*

Da war der Anfang schon gemacht, mit jenem ersten Wort. Das erste Wort hieß Schuld.

II

Lilys großer Tag

Vom Zur-Welt-Kommen

Klee, können Sie mich hören? Die Schwester lockert den Gurt. *Der Doktor ist gleich da. Er will Sie nur befragen. Der Doktor meint es gut.*

Der Doktor meint es gut? Am liebsten kämpft er gegen Leiden, die an seinem eigenen Geist nagen und ihm deshalb furchtbar anzuschauen sind. Noch schwerer fällt es ihm bestimmt, den Leiden auf den Grund zu gehen, weil sie nicht zu tilgen sind, nicht mit der Macht der Arznei. Der Doktor nimmt das Stethoskop und drückt es auf Klees Brust. Er wird nichts hören, nichts. Keine Herzgeräusche, keine Atmung. Hohl ist das Heldenmal.

Nichts half, die Brüder zu halten, nicht das Barfußlaufen und Zu-Kreuze-Kriechen, nicht das Beten, Beichten und Kasteien. Die bis dahin alles, was die karge Erde nährte und die Sonne wärmte, mit dem größten Eifer besorgt hatten, brächen trotzdem auf. War Gott schadenfroh? Oder hatte er das Land vergessen, das er vorzeiten mitten ins Meer gesetzt und so spärlich mit Erde bestreut hatte, dass es kaum reichte, ein Feld zu bestellen? Und wäre es also nicht allen geraten, das Land verloren zu geben? Ein Wort kam Klee in den Sinn. Viele Male hatte er es gehört, ausgesprochen von den Brüdern, in Übermut und Mutlosigkeit, doch nie es selbst in den Mund genommen. Jetzt öffnete er die Lippen zum A und schloss sie schnell zum M und tat sie wieder ein wenig auf für den übrigen Teil des Worts – ERIKA. Still sagte er es vor sich hin, ein zweites, drittes, viertes Mal, und weich fühlte es sich an, dabei köstlich wie ein schlüpfriger Fluch, zu dem man die Lippen nicht ein einziges Mal schürzen oder spannen musste, nur einmal sie kurz schließen – und nur der eine, zarte Zungenschlag!

Und er tat die Stimme dazu, sagte es jetzt auch hörbar und horchte auf den neuen Klang, denn nie hat einer bis dahin ein Kind das Wort sagen hören. Bald kam der Tag, da Klee mit der Mutter Hand in Hand am Hafen stand, während die Brüder und fünf weitere junge Bauernsöhne mit wenig mehr als ihren Tabaksbeuteln voller Heimaterde an Bord des Dampfschiffs gingen. Lange standen sie da, eine halbe Ewigkeit, inmitten der anderen Dorfleute, die gekommen waren, ihre Söhne und Brüder zu verabschieden, in der schauerlichen Stille brechender Herzen, die nur ab und zu von einem Möwenschrei zerrissen wurde, oder vom Aufheulen des Winds oder von einem Schluchzen, wenn es einer Mutter wieder nicht gelang, sich den Schmerz zu verbeißen. Ein Leichenbegängnis bei lebendem Leib! Niemand sprach ein Wort, und die Hemden und Kleider flatterten an den Körpern, und die Söhne und Brüder gingen atmend verloren, dass den Hinterbliebenen nicht einmal ein Leichnam blieb. Wie stark die Mutter aus den Achseln roch. Und wie sich ihr Busen hob und senkte, schneller als je, so kam es Klee vor. Und wie ihr Blick am Himmel hing, an den Wolken und Schwalben und dem, was sie sonst noch dort suchte. Gern hätte er ihr geraten, sich nur nicht auf Gott zu verlassen, denn es schien ihm nun gewiss, dass nicht das Oben die eigentliche Himmelsrichtung war, sondern jener Punkt am Horizont, an dem die Sonne Abend für Abend im Meer versank. Aber er traute sich nicht, denn die schmerzirre Mutter hielt ihn sehr fest und hätte vielleicht seine Hand zerdrückt. Es schien ihm besser, stillzuhalten, andächtig im Mitgefühl für die vom Schicksal Vertriebenen, die doch auch Günstlinge waren, wenn man es nur recht besah, freigesprochen, der Not zu entgehen, auserkoren für ein Abenteuer! Und ein Zucken ging ihm durch die Brust, denn nicht Schmerz fühlte er jetzt, sondern das Lockende des Ausbruchs aus jener vom Atem der Welt umwehten Enge.

*

Im Sommer nach dem großen Abschied standen Klees Mutter und die Frau des Dorfarztes vor der Niederkunft.

Lange war die Doktorsfrau auf Brautschau gewesen, denn sie konnte kein Kind empfangen, und was galt der Mann ohne Erben? Die Unglückliche, so war es Brauch, hatte unter allen unverheirateten Dorfmädchen von geringem Stand eines auszuwählen und dem Mann zuzuführen. Außerdem musste sie das Mädchen bei sich aufnehmen, ausreichend beköstigen und bei Laune halten, damit es einen gesunden Knaben gebäre. Um selbst als rechtmäßige Mutter zu gelten, bedurfte es ihrer Zeugenschaft bei Empfängnis und Geburt. Die Zeugung sollte bei ausreichend Kerzenlicht und im ehelichen Bett erfolgen. Dabei durfte sich der Mann dem Mädchen erst nähern, wenn es nach allen Zeichen willens war, wozu auch die Ehefrau durch Kosen und gutes Zureden beizutragen hatte. Nur so bliebe der Geist des Kindes rein und lenksam. Das Liebesspiel ging Nacht für Nacht, bis sich das Mädchen zu runden begann und unter dem Vorwand, eine langwierige Ansteckungskrankheit zu kurieren, fortan im Haus des Doktors blieb. Auch die Doktorsfrau blieb nun zu Hause, ließ den Doktor, wenn er unter die Leute kam, eine beschwerliche Schwangerschaft vorbringen und hoffte, dass die Dörfler am Ende annahmen, sie selbst habe das Kind ausgetragen. Und weil die Leute zu jener Zeit so schwer an ihren leeren Bäuchen trugen, dass sie der Anblick eines vollen nur zur Missgunst reizte, mied auch Klees Mutter während des Umstands jede Geselligkeit.

Das aber reizte die Leute erst recht, Bosheiten auszusinnen. Man verbat sich den Brauch, Wetten darauf abzuschließen, welche der beiden Frauen ihr Kind als Erste gebären und welchen Geschlechts es sein würde, und sprach von drohendem Unheil, wie es ohnehin als schlechtes Zeichen galt, dass sich die Weiber in Zeiten der größten Not hatten beschlafen lassen, vielleicht sogar an jenem Unglückstag, an dem die Söhne des Darovan für immer ausgezogen waren – *Die einen Fresser ist er los, schon kommt ein neuer daher.* Und bestimmt wäre es der Samen des Teufels, der in den Frauen aufging, wo doch sonst nichts mehr wuchs und gedieh und nicht einmal die Ratten sich vermehrten. *Wie sonst kann sich eine kugeln, wo alles darbt und schrumpft?*, hörte Klee einmal sagen. Und weil er glaubte, die eigene Mutter könnte sich mit dem Teufel eingelassen haben und einen Teufel gebären, senkte er jedes Mal den Blick, wenn sie so dick vor ihn hintrat. Und als sie ihn einmal anhielt, die Hände auf sie zu legen, ob sich in ihr etwas regte, blies er der Mutter ins Gesicht und spuckte dreimal vor ihr aus und nahm die Ohrfeige, die es da setzte, ohne Wimpernzucken.

Die Leihmutter des Doktors kam als Erste nieder, und weil das Neugeborene rosig und gut bei Kräften war, schnürte Jelka es in Windelstreifen und hob es viermal gegen den Himmel, damit es alle Richtungen beschreie. Sieben weitere Tage hielt sie die Wöchnerin im Haus, damit das Kind der Mittagsfrau verborgen bliebe, die hin und wieder ein Menschenkind nahm und gegen ein Kuckucksbalg tauschte. Auch die Blicke der Dörfler galt es zu vermeiden, erst recht, wenn ein Mädchen geboren war, was als Heimzahlung galt, wenn sich eine bei ungünstigem Mond oder mit zu viel Leidenschaft dem Mann hingegeben hatte. Ein größeres Missgeschick nur die Krüppel und Dummen, die man vor der Sonne verbarg und mit harten Blicken belud, dass ihnen endlich das Kichern verging.

Am siebten Lebenstag des Kinds rief Jelka einen Namen zur Tür des Doktors hinaus, und so, dass man es im ganzen Dorf und auf den umliegenden Feldern und Wiesen und wahrscheinlich noch in Daleko hören konnte. Klee vernahm ihren Ruf auf dem Feld, wo er dem Vater die ausgehackten Rebstöcke abbrennen half, und das Holz brannte wie Zunder und Funken stoben und dichter Rauch stieg auf. *Lily!*, wiederholte Klee, und wortlos schlug der Vater das Kreuz. Als die beiden am Abend zum Hof zurückkehrten und in die Stube traten, fanden sie die Mägde aufgeregt. Jelka sei inzwischen da, mit der Mutter in der Kammer – eine schwierige Geburt. Abwechselnd heulten und beteten sie, um das Leben von Mutter und Kind, und wenn wieder ein Schmerzlaut durch die Mauern und Ritzen drang, heulten und beteten sie umso lauter, die Mutter zu übertönen. Der Vater aber ging auf und ab, pausenlos und ohne ein Wort, und schaute nur starr vor sich hin. Später lief er hinaus in die Nacht, den Pfaffen zur Ölung zu rufen, und die Mägde blickten einander an und blickten nicht mehr auf den Platz in der Ecke, wo Klee eben noch gekauert war. Unbemerkt schlich er zum Elternzimmer. Die Tür stand angelehnt. Er weitete den Spalt. Was er dann sah? Jelka, die in gemurmelte Bannsprüche vertieft zwischen den Beinen der Mutter hockte, ihr Luft zufächelte, ihr die Stirn mit nassen Tüchern kühlte. Die Mutter warf sich auf dem Bett hin und her. Geriet sie außer sich, dem fluchend, der ihr das Kind in den Schoß gesetzt hatte, schlug Jelka Lärm, den Dämon zu vertreiben. Klee hielt die Hände vors Gesicht, die Finger leicht gespreizt. Dann, plötzlich war es still. Und gleich ein dünner Schrei. Und Jelkas Ruf: *Er lebt!*

*

Der Neugeborene wurde auf den Namen des Großvaters Malik getauft, denn es war üblich, den Kindern die Namen der Eltern oder Großeltern zu geben. Waren die Namen vergeben, hielt man Ausschau nach anderen Verwandten. Waren auch die schon besetzt, nannte man die Kinder nach Blumen und Früchten und teurem Gewürz – Zafarān, Kali, Bâdâm, Gladiola.

Jeder Platz war von Geburt an zugewiesen, und Arbeit das Einzige, wovon es genug für alle gab, unendlich, wie die Haut am Rücken des Vaters, die sich wie ein Birkenstamm schälte – wer sie abzuziehen suchte, wurde niemals fertig.

Wo einst die Reben standen, pflanzte der Vater Oliven. Klee wich ihm nicht von der Seite. Schweigend schnitt der Alte die noch unverholzten Triebe von einem hundertjährigen Baum, strich behutsam über die Schnittkante, riss die unteren Blätter ab, steckte das Reis in die Erde und drückte es rundherum fest. Dann goss er die Stelle leicht an – und wieder begann ein Warten, wie er immer gewartet hat, auf die Söhne, die ungeborenen und fortgegangenen, so weit fort, dass keine Fantasie dahin reichte, und doch allgegenwärtig, anwesender als die Verbliebenen.Wochen würde es dauern, bis die Zweige Wurzeln bildeten, sieben Jahre bis zur ersten Frucht. Und die Bäumchen wuchsen mit den Kindern, wie jedes Gewächs und jedes Tier den Kindern noch ganz verwandt ist. Klee sah dem Wachsen und Werden zu, und die Mütter blickten stolz. Glücklich aber war nur die Frau mit dem Sohn an der Brust. Der Doktorsfrau gelang es nicht, die Missgunst zu verbergen. Schon als die ersten jungen Ölbaumblätter aus Darovans Stecklingen brachen, entließ sie die Leihmutter aus dem Dienst. Dann trat sie vor Maliks Mutter hin und lobte Lilys prächtiges Haar, wie sie von nun an alles lobte, was

Malik nicht besaß. So kam es, dass die beiden Frauen ihre Kinder bei jeder Gelegenheit musterten und verglichen. In allem ging es nur darum, welches rascher gedieh, als Erstes krabbelte, zahnte und brabbelte, lief und sprach oder schöner war – und bestimmt strich Maliks Mutter Lily nur deshalb von Zeit zu Zeit über das dicht behaarte Köpfchen, weil sie ertasten wollte, ob ihr vielleicht ein Hörnchen wuchs. Als die Kinder Freundschaft schlossen, wuchs der Argwohn noch. Die Doktorsfrau fürchtete, dass der Bauernsohn durch Anschauung der Tiere längst erfahren habe, wie das Männliche zum Weiblichen komme, und die Bauersfrau brachte Lily in Verdacht, Maliks Blick auf die albernen Sitten und Zeitvertreibe der vornehmen Leute zu lenken und ihn den Anstrengungen, die das Leben einem jeden in den Bauernstand Geborenen abverlangte, abspenstig zu machen. Klee aber freute sich daran, wie sie beisammen waren – aufgeweckt, zutraulich und verspielt wie junge Hunde. Mit Eifer waren sie dabei, seinen Befehlen zu folgen, die Büstenhalter der Klosterfrauen von den Wäscheleinen zu pflücken, fremde Ziegen zu melken oder sich im Pfarrersgarten zu erleichtern.

So wuchsen Lily und Malik heran und wuchsen mit den Setzlingen des Vaters und waren einander gut. Möglich, dass die Ungunst der Mütter die Kinder nur noch enger band. Man weiß ja, wie leicht man zusammenwächst gegen den äußeren Feind – und wie einem das Glück umso größer erscheint, wenn es die Eifersucht weckt. Die Kinder machten sich nichts daraus, wenn die Doktorsfrau, die viel auf reine Wäsche gab, ihre Nase rümpfte, um Lily des Stallgeruchs zu zeihen, oder wenn die Bauersfrau zänkisch wurde, weil Malik Messer und Gabel so benutzte, wie er es bei Lily gesehen hatte, der Tochter des sturen Sepharden, die selbst geradeso ungetauft blieb, bösen Mächten ausgeliefert, selbst im Jenseits noch. Und hieß es nicht, dass solche wiederkehrten, als Spukgeister oder Irrlichter, die einen nachts an ihre Halden lockten? Innig aber hielten sich Lily und Malik die Treue – und bestimmt spielten sie so, wie Kinder seit Menschengedenken spielen, fingen Eidechsen und Libellen, spießten Schmetterlinge auf Nadeln, spielten Schattenlaufen und Katz und Maus und nässten einander in die Münder. Mit wollüstigem Schaudern drängten sie sich dazu, wenn wieder eine Gruft offen stand und der Schinder echte Menschenknochen daraus hob und echte Totenköpfe und dabei von Frater Igor erzählte, den man lebendig beigesetzt hatte, was Salahuddin erst begriff, als er ihn bei der nächsten Bestattung mit abgebissenen Nägeln fand. Oder wenn er einen Kadaver auf seinen Holzkarren lud oder einen Erhängten vom Baum schnitt, weil niemand sonst die Erhängten abschneiden wollte, oder wenn ein Lamm geschlachtet oder ein verlaustes Kind unter dem Gelächter der anderen geschoren wurde oder die Esel sich paarten. Und einmal oder oft zog der Bengel dem Mädchen das Höschen aus und tat, wie es die Esel tun, und das Mädchen ließ sich's gefallen und streckte sich lange hin.

Salz und Zucker

Seit die Kinder um die Zeit wussten, fürchteten sie das Ende und neideten es sich doch, denn der Glanz im Blick der Mütter galt den Toten und Vermissten. Ihnen zuliebe trugen sie Trauer, ihnen zuliebe die Tränen und Gebete, ihnen zuliebe die Erniedrigung der Anwesenden, damit sie nur ja nicht emporkämen neben den Fehlenden, für die sie alle Liebesworte aufbewahrten hinter ihrem Schweigen. Wie sie die Gruften und Andachtswinkel mit Blumen und Kerzen schmückten und mit anderem, das schwer zu bekommen war, während die nassen Laken der anderen jedes Mal aus den Fenstern hingen, dass alle, die vorüberkamen, die Schande der Bettnässer sahen. Und wie sie sich zu übertrumpfen suchten in ihrer Trauer, weil die als Maß der Liebe galt, auch als Ausflucht eines jeden Versagens und einer jeden Bosheit, denn wenn sie auch bei mancher Untat ihre Finger im Spiel hatten, sprach man die Trauernden fast immer frei, als erübrigte sich jede weltliche Buße für die von Gott Gestraften. Die Kinder wurden sonderbar. Sie stahlen die Blumen und Schleifen von den Gruften und steckten sie sich ins Haar. Groß war ihr Neid auf die Toten.

Wenn schon nicht tot, so wollten die Kinder wenigstens krank sein wie die kleine Rosina, die Kuchen kriegte und Püree für ein gewöhnliches Fieber, oder der älteste Sohn des Messners, den die Mutter seit der Lähmung hätschelte, stützte und trug, wo er doch sonst nichts als Prügel bekam, wie die Kinder zu jener Zeit dadurch am deutlichsten merkten, dass sie unter Menschen waren, jedenfalls noch am Leben. Wie aber alles innig war, wenn eins von ihnen erkrankte! Gleich wurde es gehätschelt und aller Pflichten enthoben und kriegte die besten Bissen und hatte die

Mutter mild, während die Gesunden die doppelte Tracht Prügel abkriegten, als verübelte ihnen die Mutter die runden Wangen und die geraden Glieder, als zögen sie ihre Kraft mutwillig von den Kranken.

Wem nicht Krankheit gegeben war, der konnte sich wenigstens darin üben, die Mutter durch ein vorgetäuschtes Kopfweh oder Hüsteln in Schach zu halten, um alle Launen durchzusetzen und sie gefällig zu haben. Dabei war es keinesfalls so, dass die Mütter, die leiblichen wie die vermeintlichen, ihre Kinder nicht geliebt haben. Sie waren nur nicht geschickt darin und mussten sich doch auch ein wenig rächen, für die Zumutungen der Mutterschaft, das dauernde Füttern und Säubern, den Anblick und Geruch von Kot, Harn und Erbrochenem. Sobald ihnen die Milch versiegt und das Kindlein vom Schoß geglitten war, gaben sie sich ganz an die Besorgungen des Alltags und bemerkten ihr Lieben erst, wenn wieder ein Essplatz leer blieb.

*

Lily und Malik glichen sich wie Salz und Zucker. Während Malik das Kinderschicksal trug und darüber immer stiller wurde, lehnte Lily sich trotzig auf gegen jedes Gebot. Sie ließ sich das Haar nicht flechten, verweigerte Kleid und Rock, schlug die Spiele der Mädchen aus und schaute missgelaunt vor sich hin. Oft schien sie in einen Tagtraum versunken, summte erfundene Melodien, schnitzte dabei Dinge aus Holz oder saß im Wipfel eines Baumes wie der Ausguck im Krähennest. Sie sah wohl mehr als die meisten, und die meisten schöpften Verdacht. Den Leuten blieb nicht verborgen, dass Lily klein und hager war, obwohl man sie gut versorgte. Die Fischersfrau verbreitete sogar, das Töchterchen des Doktors fresse Mengen, die drei ausgewachsene Bauern sättigen würden. Am allermerkwürdigsten aber schien, dass Lily niemals weinte.

Zum Glück war Lily im guten Glauben, die Welt durch magische Handlungen und Sprüche und selbst durch bloße Gedanken lenken zu können. Sie glaubte zum Beispiel, dass sie nur dreizehn Schritte lang die Luft anhalten müsse, um ein Unglück abzuwenden, wenn eine schwarze Katze ihren Weg gekreuzt hatte, glaubte auch, dass die Mutter sie selbst geboren hatte und dass man anhand bestimmter Zeichen erkennen könne, was einem bevorstand. War der Mond rot, würde einer bluten, fand man Metall, ein Hufeisen oder einen großen Nagel verhieß es dagegen ein Glück. Wie alle Kinder ihres Alters war sie voller Wünsche, deren Erfüllung man getrost auf später verschieben konnte, und wie alle Kinder träumte sie von Tarnkappen, Zauberringen – und der Fähigkeit zu fliegen. Auch bildete sie sich lebhaft ein, mit übernatürlichen Kräften begabt zu sein, mehr zu können, als man sah. Und weil das Wort der Erfindung gleich viel wog wie das Wort der Anschauung, glaubte sie auch Klee und lauschte mit offenem Mund, wenn er ins Schwärmen kam, wenn sie und Malik sich zu ihm gesellten, auf dem Feld oder im Hain, und der Wind ihnen Kühle zufächelte und das Meer wie ein Pfauenauge schillerte und die Steine glühten, dass sie sich keinen besseren Ort vorstellen mochten. Manchmal sprach Klee vom Vöglein in seinem Kopf und hielt sie und Malik an, die Ohren an seine Stirn zu legen, dass sie es piepsen hörten. Dann wieder sprach er von einem Faun, der die Feldarbeiter, Hirten und Tiere beschütze – ein Schalmei spielender, gehörnter Feldgeist mit menschlichem Oberkörper, Bocksfüßen und Schwanz –, oder von Amerika, und so, als wäre er selbst dort gewesen: Acht Tage dauere die Überquerung des Atlantischen Ozeans, und eine kleine Insel gebe es, gleich vor der riesigen Stadt. Da säßen die Brüder auf fetten Wiesen und täten nichts als Münzen zählen. Ansonsten sei nicht viel zu tun, als Gold zu schürfen und Whiskey zu saufen und mit den Mädchen zu tanzen. Und nichts, was es dort nicht gebe. Lily und Malik sahen Klee aus großen Augen an, und er sah sich darin gespiegelt, als klitzekleiner Spuk. Wie konnte man prahlen vor denen! Es schien ihnen alles wahr. Es war ihnen alles belebt. Alles atmete, wütete und liebte. Aber der Zauber hielt nicht an. Irgendwann war kein Staunen mehr und Klee als Schwindler durchschaut.

*

Es kamen Briefe aus Amerika. Es kamen Namen aus Amerika. Es kamen neue Kinder zur Welt. Die hießen jetzt Keti und Meri. Klee wurde sich selber fremd. Spiele wurden ihm langweilig, Pflichten beschwerlich wie nie. So zog er sich immer mehr zurück und las begierig die Briefe, papierene Fenster zur Welt.

Es war das Jahr, in dem die Kinder wackelige Zähne bekamen und die Olivenbäumchen des Vaters zum ersten Mal Früchte trugen. Es war das Jahr, da für Malik und Lily die Schulzeit begann. *Ernst des Lebens,* sagten die Alten, denn die wussten ja Bescheid. Sobald die Klingel ertönte, stürmten die Kinder in den Pausenhof, als würden Tiere losgelassen. Groß war der Vorrat an Grausamkeiten. Ein Flüstern, Scheelsehen, Nasedrehen, ein Treten, Rangeln, Schlagen. Die Anführer und Mitläufer drangsalierten die Schwächeren, drängten sie zu Spielen, die nur Spott und Schaden brachten – sich entblößen, niederkauern, vor den anderen urinieren. Oder einen Käfer schlucken. Oder ein Stück Kreide. Näherte sich der Lehrer, lag der Hetzer schon heulend am Boden und schwor, selbst geschlagen worden zu sein. Am größten war die Wut der zu kurz Gekommenen auf die Gehätschelten, und groß war die Lust, rohe Eier an die Wand zu klatschen, die Tapferen weinen zu machen, die Mutigen ängstlich, die Starken schwach. Malik ließen sie in Ruhe, scheu und kleinlaut wie er war. Lily aber duckte sich nicht. Wollte einer prüfen, ob sie nicht doch zum Weinen zu bewegen wäre, ging sie ihn nur zornig an. Die Lehrer aber glaubten dann meistens einen Schuldlosen betroffen und nahmen den Aufwiegler in Schutz, und Lily nahm die Schuld auf sich, um vor den Kindern der Bauern und Fischer nicht als das Liebkind dazustehen. Bald musste man nichts mehr anstellen, um sie aufzubringen. Misstrauisch, wie sie geworden war, vermutete sie bei jedem Verschwinden eines Schreibgeräts, oder wenn sie Dung an ihrem Schuh entdeckte, wie überhaupt bei jedem kleinsten Missgeschick die Bosheit der Kameraden. Grundlos drohte und schmollte sie, machte sich so zum Gespött, nannte Malik Verräter, weil er es ihr ausreden wollte. Dann kriegte sie den Drang zu zählen, zu ordnen und zu sammeln. Manchmal zählte sie die Stunden, manchmal die Schritte zu ihrem Haus. Manchmal die Tritte der anderen. Schutzlos stand sie und allein und fabulierte von einem Freund, der stark und allmächtig sei. Den brauche sie nur zu rufen, schon stünde er ihr bei. Bestimmt dachte sie an Klee. Den Namen gab sie nicht preis.

Die anderen Kinder, heuchlerisch, taten einmal versöhnlich und luden sie zum Versteckspiel ein, sie wäre die Gesuchte. Wie oft hatte Lily sich versteckt in der Hoffnung, jemand würde nach ihr suchen! Jetzt, endlich, wäre es so weit und sie die unsichtbare Mitte, um die sich alles drehte! Sie wusste bereits ein Versteck, willigte arglos ein. Eng und dunkel war es dann, aber das Ausharren wert. Nur hatte Lily nicht bedacht, dass die glücklosen Sucher des Suchens müde waren. Als sie endlich dahinterkam, machte sie sich durch ein Geräusch bemerkbar, und einer schaute witternd auf, und gleich ein wildes Triumphgeschrei: *Da, sie hockt im Kanal!* Sofort kamen die anderen, ein Brüllen und Gelächter – *Pfui, sie stinkt wie Eselschiss! Kommt ihr bloß nicht zu nah.*

Die Kinder hätten es dabei belassen können. Sie hätten Lily nicht auch noch damit aufziehen müssen, dass die einäugige Manda ein paar Tage zuvor mitten im Gottesdienst, gerade als der Kirchenchor nach den ersten Orgeltönen zum Ave verum angehoben hatte, auf Lily gezeigt und in heller Erregung *Manda, Manda, schönes Kind!* gerufen und das so lange wiederholt hatte, bis der Chor verstummte und der Messdiener sie auf Geheiß des Pfaffen aus der Kirche zerrte. All das nur, weil Lily, die sich aus Neugier in die Kirche geschlichen und unter die Gläubigen gemischt hatte, beim Hören des Orgelspiels eine Träne über die Wange gelaufen war. Die Leute aber nahmen es für ein finsteres Zeichen, fest im Glauben, dass einer Ungetauften das Beten und Singen schmerzlich sei.

Lilys großer Tag

Im Haus des Doktors stand ein Klavier. Davor saß Lily manchmal und strich und drückte die Tasten und fügte Ton zu Ton. Und wie das aus den Zimmern drang – über die Felder und das Meer, bis nach Amerika! Ein Zauber wahrscheinlich, der alles bezwang, woran man verzweifeln konnte mit dem viel zu hellen Gehör – das Lästern der Kinder, das Sticheln der Weiber, das Fluchen der Fischer beim Netzeentwirren. Oder das Quietschen und Knarren der hölzernen Speichenräder, wenn Salahuddin wieder einen Kadaver durch das Dorf schob, das Knistern des Feuers, wenn er, was nicht zum Seifenmachen taugte, auf seinem Acker verbrannte, das Schreien der Lämmer kurz vor dem Schnitt, das Gurgeln von Ertrinkenden, das ganze kosmische Gedröhn. Oder das Geräusch der Stille, wenn Lily in den Nächten wach lag und daran dachte, wie sie einmal hoch im Wipfel eines Kiefernbaums saß, ewig so im windbewegten Geäst, im Licht des späten Nachmittags, eins mit allem und beglückt, wieder die Gesuchte zu sein. Von ihrem Versteckplatz aus sah sie die Kinder fahnden und spähen. Ab und zu kam eins nah heran und entfernte sich wieder. Manchmal berieten sich zwei. Alles drehte sich um sie. Gut war es da oben im Baum! Von hier aus regierte sie die Welt, überblickte sie die Felder und Weiden, das ganze Dorf und das Meer, und dort, im Dunst der Weite, die Segel der großen Schiffe, von Kalifen ausgesandt, neues Land zu erkunden. Wie die Dämmerung einbrach und alles still und friedlich war! War es nicht zu still? Die Stimmen der Sucher waren verstummt.

Lily vermisste Klee, unnahbar wie er geworden war, der Einzige, der sie in Schutz nehmen konnte – selbst ohne zu wissen wovor. An den Nachmittagen wartete sie stundenlang am Fenster, bis er vorüberkäme, damit sie schnell am Klavier etwas für ihn spielen würde. Aber Klee kam nicht, und so nahm sie mit anderen vorlieb. Die trafen sich bei den entlegenen Felsen und erzählten sich von den Waghalsigen und Mutlosen, die ins Meer gesprungen waren. Einmal kam das Gespräch dahin, wer von ihnen willens wäre, einen Sprung zu wagen. Da wurde gleich auf Lily gezeigt, die wäre es bestimmt! Geachtet fühlte sie sich, auch beklemmt, und was verlangte mehr Mut – Sprung oder Weigerung? Lily trat an den Felsenrand, blickte lange hinunter. Dort tobte das Meer, spritzte, klatschte, brach sich im Lachen und Grölen. *Sei kein Mädchen, spring schon, spring!* Lily wollte kein Mädchen sein, jeder wusste das. Sie zog sich den Pullover aus, die Schuhe und die Hose. Die anderen waren kleinlaut geworden, blieben aber doch zu feig, die Anstiftung zurückzunehmen. Nur in der Unterhose, die kleinen Hände zu Fäusten geballt, stand sie am Rand, summte ein Lied, kniff die Augen zusammen. Die südliche Küste, weiß auf blau, flimmerte, entschwand dem Blick. Und als zwei Möwen zum Flug abhoben, breitete sie die Arme aus. Sie hörte die anderen nicht mehr. Die hielten nur den Atem an, schauten ängstlich auf Flut und Gischt, ob sie auftauchen würde.

In den Tagen nach dem Unglück schlichen die Kinder ums Haus des Doktors, um vielleicht zu erfahren, ob Lily wirklich noch lebte. Sie stellten Honig vor die Tür und Körbe mit Datteln und Feigen. Auch Malik und Klee kamen, um zu fragen, wie es um die Freundin stand. Bestimmt würde ihnen der Doktor Auskunft geben, denn er war ein feiner Mann mit immer sauberen Händen, einer von denen, die sich beim Gruß verneigten und aufstanden, wenn einer ging. Die Frau des Doktors aber vereitelte die Begegnung. Der Doktor sei beschäftigt, und Lily wolle sie nicht sehen, und *Schert euch endlich zum Teufel.* Mit hängenden Schultern gingen die Brüder einen beschwerlichen Weg nach Haus. Und als Lily die Mutter fragte, wer an der Tür gewesen sei, sagte die, der Dienstmann sei es gewesen, und fragte dann die Tochter keck, wo denn die Freunde blieben.

Lilys Bein verwuchs mit der Zeit, aber die Wochen im Krankenbett trübten ihr die Gedanken. Den größten Kummer machte es ihr, dass Malik und Klee sich nicht rührten, nicht einmal Grüße bestellten. Und dass die Mutter wohl recht behielt, wenn sie sie untreu nannte. In dieser neuen Einsamkeit erfand sie sich neue Gefährten. Sie trugen die Namen der großen Musikanten, auch die der Dichter und Gelehrten, die auf den Buchrücken in der Bibliothek des Vaters genannt waren – Namen aus der Welt der Geheimzeichen, Erfindungen und Wunder.

Erst als sie nach Wochen ins Freie kam und Malik im Dorf begegnete, flog der Schwindel der Mutter auf. Doch war nichts mehr wie früher.

Kešmeš oder die eine Leere

Klee war groß geworden. Oft griff er sich ans Kinn, um zu prüfen, ob ihm schon der Bart wuchs, denn manches Zeichen der Reife kam verspätet zum Vorschein. Bald war er stark wie ein Stier, doch mit Rumpf und Gliedern wuchs eine Unruhe in ihm heran. Oft ließ er jetzt die Hacke fallen, wenn er auf den Feldern war, und schaute lange nach den Tankern und Frachtschiffen aus, die weit draußen vorüberfuhren in die andere, größere Welt, wo sie ihre Frachten löschten, um mit neuen heimzukehren, beladen mit Kif und Kampfer und Gold und echter chinesischer Seide. Zu nichts Besonderem konnte das Schicksal einen an diesem Ort ausersehen, dazu musste man anderswohin, dahin, wo Gott einen sah. Abermals verdichteten sich Klees Wünsche zu Namen, Ortsnamen, die er irgendwo aufgeschnappt hatte und jetzt mehrmals am Tag tonlos vor sich hin sagte – Amerika, Suez, Panama. Er sagte auch Shâhbalut und Kešmeš, im Glauben, dass es Orte seien, was aber nicht stimmte.

Der Vater, natürlich, schärfte ihm ein, sich alles aus dem Kopf zu schlagen, was zum Wandel drängte. Aber die Sehnsucht ließ sich nicht aus dem Kopf schlagen, schwoll nur an, sobald er es versuchte. Es blieb ihm nur, sie zu verheimlichen, um sich keiner Untreue verdächtig zu machen. Als aber im frühen Jahr der erste Vogellaut erklang, dass Klee noch halb im Schlaf ans Fenster stürzte, als hätte aus dem Mandelbaum das Glück nach ihm gerufen, sah er schon ganz deutlich voraus, wie er den Vater eines Tages unvermeidlich enttäuschen musste. Er stand kurz vor seinem neunzehnten Geburtstag, doch trug er sich mit dem Gefühl, immer noch nicht auf der Welt zu sein, nur halb geboren, nirgends angekommen. Niemand schloss mehr die Fensterläden und niemand schlug mehr das Kreuz, wenn er sich draußen zeigte. Auch nannte ihn keiner mehr Steinschmeißer oder Schmieresteher und nicht einmal einen Nichtsnutz. Da stand er nun ohne Namen und Ruf, als wäre er gar nicht da – und dieses Nichtdasein: schauerlich. Klee hing den Tagen nach, da er noch angeeckt war. Es drängte ihn, Kraftausdrücke zu gebrauchen, Heiligtümer zu beschmutzen, den Leuten Furcht einzujagen. Er trieb sich wieder auf Spielplätzen herum, hatte Sehnsucht, aus der Flasche zu trinken und in Decken gehüllt zu liegen. In diesem Kindheitssehnen, das den Menschen meist dann befällt, wenn er mit der Kindheit bricht, wünschte Klee sich zu denen zurück, die er dort gelassen hatte, in einem Raum, dessen Tür noch offen stand, dass er wohl hineingehen konnte, aber als ein anderer, fremd jetzt unter Fremden. Die Eltern waren gealtert. Der Bruder, auf den er mit dem Abstand weniger Jahre so natürlich herabgeblickt hatte, reichte ihm bis zur Schulter, Lily wenigstens bis zur Brust. Kleine Rundungen hatte sie, die sie zu verbergen suchte, und alles in allem ein seltenes Schön, und nicht das Schön, das einen anfliegt, einen bestürmt und reizt, sondern ein zurückhaltendes Schön, dem man sich andachtsvoll nähert. Sie trug, was sie hatte, nicht zur Schau, ging nicht aufrecht und stolz wie die anderen Mädchen, mehr so, als schämte sie sich für ihre Verwandlung – und dann und wann ging sie ganz ungeniert in kindlicher Selbstvergessenheit.

Dass Lily humpelte, weil ihr Bein schief zusammengewachsen war, machte sie nur süßer. Die Burschen und Männer gafften ihr nach, und Stammel-Viktor, der zahnlos glucksend vor dem Kircheneingang hockte und jedes Mal an seinem Geschlecht rieb, wenn ein Mädchen seinen Weg kreuzte, rief ihr wilde Wünsche nach. Manchmal lag er auf der Lauer, wenn sie auf dem Heimweg hinterm Ginsterstrauch verschwand, und sobald sie sich entfernte, stürzte er sich auf das durchnässte Fleckchen, schöpfte den noch warmen Seich mit bloßen Händen, leckte, was er nicht greifen konnte, nahm die Erde in den Mund. Auch die Weiber und Mädchen gafften, doch war ihr Blick ein anderer und Lilys Anmut in ihren Augen etwas Teuflisches, das sie durchkreuzen mussten, weil sie es insgeheim neideten. Ständig lauerten sie auf ein Zeichen der Verderbtheit, um es dem Pfaffen zu hinterbringen, denn wurden die Mädchen auch ermahnt, sich nicht vor der Heirat an Männer zu geben – Lily hielt sich bestimmt nicht dran, auch wenn sie gerade erst zwölf war.

Dem Pfaffen aber tat Lily leid, wie ihm alle Kinder leidtaten, die in Rausch oder Schande gezeugt und empfangen waren, von Fremdgängern oder geliehenen Frauen, Blutjungen und Betagten, Großvätern, Onkeln, Dämonen. Oder von seinesgleichen. Auch ihr Hinkebein rührte ihn. Und dass sie eigenwillig war und nicht einmal ihrem Vater gehorchte. Als der alte Kantor starb, lud der Pfaffe Lily ein, beim Gottesdienst die Orgel zu spielen, auch, um sie vielleicht doch zu bekehren, dem rechten Gott zu glauben – und mochte ihr Spiel auch Teufelswerk sein, kriegte der Pfaffe die Himmelsahnung, wenn er es vernahm.

Lily kam jeden Nachmittag, das Orgelspiel zu üben. Klee machte es sich zur Gewohnheit, nach der Arbeit auf dem Feld den längeren Rückweg zu gehen, um ihr dabei zuzuhören. Leise trat er in die Kirche, setzte sich ein jedes Mal in die hinterste Kirchenbankreihe, dass sie ihn von der Empore aus nicht sehen konnte, und ehe sie sich auf den Heimweg machte, lief er unbemerkt voraus und stieg auf den kleinen Hügel, von dem aus man die Straße zum Doktorhaus im Ganzen sah und wo er schon manche Stunde gewartet hatte, sie vielleicht da gehen zu sehen. Manchmal träumte er davon, jene Straße so lang auf und ab zu gehen, dem Zufall so lange nachzuhelfen, bis sich ihre Wege kreuzten.

*

Die Krankenschwester fuchtelt, *Klee, können Sie mich hören? Der Doktor kommt gleich, keine Angst!* Der Doktor wird ihn fragen.

Der Doktor sieht ihn forschend an. Was, wenn er selbst an der Krankheit leidet, auf die er, wie es heißt, spezialisiert ist? Was, wenn er sie gerade deshalb aus der Welt zu tilgen sucht, weil er sie an sich bemerkt? Dauernd macht er Notizen, steht am Krankenbett und sinnt und schüttelt dabei ständig den Kopf. Er fragt und schreibt und fragt und schreibt. Berge von Akten muss er besitzen, Abhörprotokolle, Niederschriften verdeckter Mitarbeiter, Berichte von Begegnungen mit Krankenschwestern, Erkenntnisse über die Gewohnheiten und Vorlieben des Patienten, Einschätzungen seines Charakters. Nichts wird ihm unwichtig scheinen. Die Akten haben Eselsohren. Das Eselsohr heißt: Aus.

Es hatte ein Mann einen Esel, den nahm der Schinder nicht mit. Oder war es ein Maultier? Es war in einem jener Dürresommer, da die Schafe, Ziegen und Lasttiere auf der Suche nach Wasser eins nach dem anderen aus den Pferchen und Stallungen brachen. Der alte Vater hatte das Fehlen des Maultiers am Abend bemerkt, und alle ahnten gleich das Schlimmste, wie er mit leerem Halfter von der Weide zurückgekehrt war, und die Mägde liefen auf den Hof hinaus und schauten stur zum Himmel.

Drei volle Tage waren Klee und Malik danach durch die Felder und Haine gestreift, auf der Suche nach dem Tier, und jedes Mal wieder heimgekehrt ohne die frohe Auskunft. Am Morgen des vierten Tages hörte Klee, der die Suche aufgegeben und sich wieder der Arbeit zugewendet hatte, von weit her den Bruder rufen. Ohne Zögern rannte er los, Hals über Kopf, wie mancher sagt, über Steine und Gestrüpp, dass er stolperte und sich aufrappeln musste und wieder und wieder so, bis er an einem Weidedraht zu Fall kam und dann nicht mehr im Laufen fortfuhr, in einen schnellen Gang zurückfiel, sich hinkend hetzte und schleppte, getrieben noch vom anfänglichen Vorgefühl, auch als er Malik da stehen sah, fern der angestammten Weide, neben ihm im Gras das Tier.

Klee unterbrach den eiligen Schritt. Lautlos, ahnungsvoll kam er heran. Malik schien ihn nicht zu bemerken, wie er jetzt nichts zu bemerken schien. Vielleicht, weil sein noch kindlicher Geist den Verlust des Tiers nicht gleich begriff und zu diesem und jenem noch riet, wie man in Anbetracht des Unbegreiflichen manches denkt und tut, das dem Betrachter sonderbar vorkommt. Leise fing er zu weinen an, kniete neben dem Maultier hin, begann, wild gegen die Fliegen zu fuchteln, die sich nach kurzem Reißaus immer wieder darauf niederließen. Dann gab er das Fuchteln endlich auf, streichelte nun das tote Tier, rüttelte es, schlug darauf ein und rief dabei einen Namen, den keiner außer ihm je ausgesprochen hat, denn man hatte andere Sorgen zu jener Zeit an jenem Ort, als Tieren Namen zu geben. Und Mila, was für ein Name!

Halt's Maul und sei ein Mann!

Augenblicklich verstummte Malik, drehte sich nach dem Bruder um, und nur noch das Brummen der Aasfliegen, das sich gegen die Stille der Abgeschiedenheit hob. Wortlos nahm er die Schelle an sich, die dem Maultier umgebunden war, damit es, wenn es sich verirrte, leicht zu finden wäre. Klee aber brachte es nicht übers Herz, nach dem Schinder zu rufen. Schweigend nahm er Stein um Stein, häufte sie über dem Maultier auf. Malik tat es ihm nach. Sie kratzten das schwere Gebröckel aus dem Boden, die Hände blutig, die Rücken krumm. Und nur ein Aufsehen, als einmal ein Schiff vorüberfuhr und Klee, die Augen mit der flachen Hand beschattend, in die Ferne blickte. Bis zum Einbruch der Dunkelheit war das Maultier mit Steinen bedeckt. Und ebenso stumm, wie sie sich geschunden hatten, kehrten die Brüder zum Hof zurück.

Als sie in die Stube traten und Klee den Eltern Nachricht gab, war der Vater stiller als still, und die Mutter schlug die Hände über dem Kopf zusammen, und die Mägde bekreuzigten sich und jammerten und weinten.

Malik aber sah man von da an nie mehr weinen. Man sah ihn auch nicht mehr lachen. Vielleicht war es wegen des Maultiers, wie sich die Kinder um tote Tiere scherten, weil alle Tode zu groß waren für ihr weiches, noch unverhärtetes Gemüt. Oder wegen Lily, der nur noch das Orgelspiel was galt. Oder wegen Klee, der so oft von Amerika sprach, dass Malik ihn jetzt schon vermisste. Obwohl er noch sichtbar und greifbar war, wagte Malik nicht, die Hand nach ihm zu strecken, um sich rechtzeitig in jener Tapferkeit zu prüfen, die das Fehlen des Bruders ihm bald auferlegen würde. Alles setzte er daran, dass ihn die Trennung nicht allzu schwer treffe, ging Klee aus dem Weg, dachte ihn böse, zog sich in eine Welt zurück, in die er niemanden einließ. Was war in Klee gefahren, dem Land und den Menschen den Rücken zu kehren, ohne Dringlichkeit und Not? Und war es nicht gegen die Seinen? Man konnte der Mutter ja ansehen, wie das ausgehen musste: Sie würde von Klee nicht loskommen, wie sie von den anderen nicht losgekommen war, Darovan und Kuruš, die nur geborgten Söhne. Sie schwirrten ihr im Kopf herum, auf immer achtzehn und zwanzig, schön und kräftig und freundlich, längst nicht mehr denen ähnlich, die sie einst getadelt und geschlagen hatte, wie alle Mütter ihre Kinder tadelten und schlugen. Sie liebte sie, wie man Tote liebt oder Kranke und Sieche. Und wie die Geister der Toten von den Lebenden Besitz ergreifen konnten, verhielt es sich mit denen. Obwohl Malik sie nie leibhaftig gesehen hatte, begegneten sie ihm doch fortwährend im Blick der Mutter, in den Morsezeichen ihrer Lidschläge, in der Härte ihres Händedrucks, im Zittern ihrer großen, groben Hände, wenn wieder ein Brief gekommen war aus Amerika. Ja, manchmal kam es ihm vor, als würde sie Stimmen hören, Phantome sehen oder sich plötzlich von jemandem berührt fühlen. Die Abwesenden nahmen in ihr so viel Raum ein, dass die Anwesenden beiseitetreten mussten. Und bald würde auch Klee als Abgott in der Mutterseele nisten, sich da breiter machen als die Wirklichkeit. So würde man ihn niemals los.

Malik begleitete Klee nicht, als der sich zum Turekbauern aufmachte, ihm den alten Esel abzuschmeicheln. Der Alte wollte das Tier aus dem Futter schaffen, weil es schwach war und fast blind und weder zum Tragen mehr taugte noch zur Überlassung an Salahuddin, der sich ihm jeden Samstagabend für ein Klimpergeld im Stall beigesellte, weil er, der, wie manche behaupteten, nachts immer noch die Milch seiner uralten Mutter trank, keine menschliche Gefährtin fand. Doch wie der Turek den Reibach roch, ließ er nichts unversucht, einen schönen Preis herauszuschlagen.

Brav und willig sei das Tier und von allerbestem Blut. Am Ende wühlte Klee in seiner Hosentasche und gab ihm ein Bündel Scheine. Der Turek nahm's hastig, ohne zu zählen, und führte den Esel aus dem Stall. Da zeigte das Tier seine wahre Natur. Es bockte, stutzte und stockte, und der Turek grinste und rief *Red ihm gut zu, dann scheißt er noch Geld!*, und Klee wurden die Ohren heiß, denn er musste bei diesen Worten an den Matrosen denken und wie er vor Jelkas Kammer stand – maßlos die Neugier des Kinds! Und wie sich der Heimlichtuer vor der Heimlichkeit entsetzte, und wie er davonstürzte und nicht wusste, wohin. Nur schnell, schnell, die Stufen hinab, sie zählend wie Dukaten. Alle Märchen erzählen von verbotenen Räumen, in die man trotz aller Verbote blickt. Durch Schlüssellöcher, Türspalten, Blenden und Ritzen tritt ja das Größte zutage.

Klee sattelte den Esel, aber der ließ ihn nicht aufsitzen, warf nur stur den Kopf hin und her. Auf dem Nachhauseweg graste und bummelte er und ließ sich nicht aus der Ruhe bringen. Als Klee ihn gegen Abend so weit hatte, die Straße zum elterlichen Hof bergan zu trotten, kamen die Nachbarskinder von allen Seiten gerannt, um den Neuankömmling zu besehen, und lachten über den Esel und lachten über Klee, und der Hofhund bellte dazu und wedelte mit dem Schwanz. Malik stand am Fenster. Man sah ihn an diesem Tag nicht mehr.

III

Schattenspieler, nachts

Die Prinzessin von Amarant

Es hatte ein Mann einen Esel. Und dieser Esel hieß Klee. Der saß nur auf der Kirchenbank und hörte ein Mädchen beim Orgelspiel, und manchmal folgte er ihm dann auf dem Nachhauseweg. Da bummelte er so hinter ihm her, und sah es sich einmal nach ihm um, kam er sich vor wie im Himmel. Rasch pfiff er dann die Melodie, gespannt, ob sie einstimmen würde.

Weit wurde es um ihn, wenn er das Orgelspiel hörte. Einmal wollte er am Ende klatschen, aber noch im selben Augenblick erschien ihm das Klatschen als die billigste aller Gesten, die der Mensch gebraucht, um Bewunderung zu zeigen, laut und stürmisch, dass der zarte Nachhall des Wunderbaren gleich darunter begraben liegt. Lieber ein stilles Nicken. Ein Augenschließen nur. Diesmal lief er nicht voraus, auch nicht hinter Lily her. Er wartete beim Kirchentor. Seite an Seite gingen sie dann den Weg, den er in Gedanken hundert oder tausend Mal mit ihr gegangen war, bis zu ihrem Elternhaus, in dem sie wortlos verschwand. Klee blieb noch eine Weile stehen, vor dem großen Bürgerhaus mit den Arabesken, Vorsprüngen und Verzierungen, von dem er so innig hoffte, es einmal betreten zu dürfen. Es war ein gutes Haus, aus dem, wenn die Fenster offen standen, die köstlichsten Düfte drangen. Ging man langsam daran vorüber, konnte man friedliche Geräusche hören, das Zischen eines Besens, eine ruhige Stimme, Klaviermusik oder das Klappern von Geschirr. Niemals Flüche oder Stoßgebete, nie ein Brüllen, Poltern. Es war das Haus eines Mannes, der sich auf die Heilkunst verstand. Und auf den festen Willen. Seit frühester Jugend hatte er dem aufdringlichen Bemühen der Pfaffen getrotzt, seinen Glauben zu wechseln, und nicht wenige im Dorf bewunderten ihn dafür ebenso wie für seine Bildung. Es hieß, er habe tausend Bücher in allen erdenklichen Sprachen. Und wie Klee so stand und spann, kam die Frau des Doktors heraus. *Was stehst du dumm und gaffst?*

Tags darauf, als die Kinder nach der Schule nach Hause liefen und Lily wie immer zurückblieb, nahm der Klee sich wieder ein Herz und bot an, sie zu schultern. Schon war er ein geflügeltes Pferd, holte die anderen mühelos ein. Und welche süße Erschöpfung, als er Lily dann absteigen ließ, auch wenn sich die Frau des Doktors, die das fröhliche Ankommen vom Fenster aus mitangesehen hatte, an Kopf und Hals zu röten begann.

Bald hatte Lily ein Fahrrad, schneller vorwärtszukommen, ohne Klees Hilfe zu brauchen. Von da an lief es umgekehrt. Sie nahm ihn auf dem Gepäckträger mit, wenn er ihr über den Weg kam. Und ausgelassen und himmelhoch ging das neue Vergnügen. Einmal, sie waren gestürzt, stillte Lily schnell sein Blut. Wie hell war ihm der Augenblick, als der Schnaps auf der Schramme brannte, ein Buchfinkpfeifen, das einen übermütig werden ließ im Wissen um den Irrtum. Es war, wie wenn man nach einem Fieber endlich wieder ins Freie darf. Ins Freie?

Die Eltern waren ausgegangen, Lily nahm Klee mit ins Haus. Im Schein der Petroleumleuchte folgte er ihr die Stufen hinauf, trat, als sie die Tür aufhielt, auf seinen Schatten, der unverschämt vorausgehuscht war und sich auf dem Lichtband, das vom Stiegenhaus ins Vorzimmer fiel, hingestreckt hatte bis zur Wand am Ende des Raums. Er trat auf seinen Schatten ein, wie um ihn zu zertreten. Bis dahin hatte er keinen Zweifel, dass er es war, der den schwarzen Doppelgänger befehligte. Diesmal aber schien es verkehrt: Er, der aus Fleisch und Blut und Angst, war Schatten seines Schattens. Und wie der mit Lilys Schatten verschmolz!

Bis hierher war er ihr gefolgt. Bis hierher war schon weit. Er traute sich nicht, umzukehren. Was, wenn der Schatten sich nicht bändigen ließe, sich weigern würde, mitzugehen, sich an Lily heftete? Jelkas Erzählung fiel ihm ein, von einem indischen Gelehrten, der in großer Hast zum heiligen Fluss gelaufen war und sich, lange Gebete murmelnd, die Hände immer wieder vors Gesicht schlagend, den ganzen Nachmittag seifte und wusch, nachdem ihn der Schatten eines Unberührbaren gestreift hatte. Und der Brauch an seinem Kindheitsort, wo kein Schatten eines Lebenden je in einen offenen Sarg oder in ein offenes Grab fallen durfte, weshalb man die Toten immer erst nach Sonnenuntergang begrub. Und wehe dem Mann, dessen Schatten in das Zimmer eines Mädchens fiel! *Licht aus!*, wollte er rufen, *Licht aus!*, um die Schatten zu löschen. Doch dann zum Glück der Knall der Tür, ein Augenblick von Finsternis, und als Lily das Öllämpchen entzündete, lag der Schatten klein und blass zu seinen Füßen, ihm wieder ganz zu Befehl.

War er fehl an diesem Ort? Wozu Mann und Frau allein? Um Mann und Frau zu sein? Er hätte gehen können. Nein, er konnte es nicht. Er atmete den Duft von Kampfer und Mandarinen, und Lily nahm seine Hand, und die Unruhe in ihm war nicht mehr Absicht, war ein Fündigsein. Im Halblicht sah er sich jetzt um. Hinter dem Schiebeglas einer Vitrine Gold- und Silberbecher, Kelche aus echtem Kristall. Daneben Karaffen, Fläschchen, Ampullen, Skalpelle und Pinzetten. Auf einem hölzernen Schreibtisch daneben stand ein prächtiger Globus. Und erst die riesige Bücherei! Buchrücken an Buchrücken aus Leder und Leinen, darauf Namen, manche in Gold, große Namen, bestimmt. Und da: Ein echtes Klavier!

Als er seinen Blick zur Wand lenkte, dahin, wo zwei Schatten sich regten, hielt Lily ihre Hand vors Licht und spreizte und formte die Finger und warf so ein kleines Tier an die Wand, eines mit großen Ohren. Dann nahm sie gleich die zweite Hand und formte damit ein weiteres Tier. Schon ging es lebhaft zu. Die Figuren redeten und flatterten und verschwanden, um sogleich zurückzukehren in anderer Gestalt. Klee blickte so gebannt auf das Spiel, dass ihm die Schatten als das Eigentliche erschienen, und was die Augen nicht sahen, konnte man schließlich hören. Lily begann zu erzählen. Da war ein Mädchen mit pechschwarzem Haar, das, wenn es auch nur ein Haar verlor, jäh zu Staub zerfiel. Da war der Unglückliche, der sich, da die Geliebte nicht wie verabredet kam, das Schwert in die Brust schlug. Da war die Verspätete, die sich beim Anblick des Sterbenden überwältigt vom Schmerz in das noch warme Schwert stürzte. Das Blut der Liebenden aber tränkte die Wurzeln des Maulbeerbaums, seither sind seine Früchte rot – Lily wollte es schwören. Alles war lebendig und wahr in ihrem Schattenspiel, und sie Prinzessin von Amarant und er Kalif von Amerika, und die Welt trat ihnen vor die Seele, prächtiger als jenen, denen sie vom Anschein so geläufig ist, dass sie nicht mehr ins Staunen kommen. Und bestimmt sind die Staunenden weiser als die Wissenden. Und wenn man nicht mehr staunt, ist es das Ende von allem.

Lily fuhr fort zu erzählen, auch als ihre Hände längst ruhten, von Seiltänzern und Artisten und geflügelten Helden, auch von dem, was draußen war. Alles wusste sie zu benennen und allem Gestalt zu geben – dem Duft der Gärten und Felder, den Eselpfaden und Hügeln, den endlosen Weiten eines von Zauberwesen befehligten Lands, und Klee brauste auf einem durch die Kraft eines Zauberspruchs zum Fliegen gebrachten Teppich über Meere und Berge und Seen, bis sie ihn zärtlich stupste, um ihn zurückzuholen.

Der Irrtum

Klee, können Sie mich hören? Die Schwester nimmt seine Hand. Er spürt die Hand der Schwester nicht. Vermutlich hätte sie widerstandslos durch ihn durchgehen können. Die Schwester deckt ihn zu, als wollte sie ihn begraben.

War es töricht, dem Glück zu trauen? Klee und Lily verband eine Seelengemeinschaft, die nicht durch Liebesworte ausgesprochen war und nicht durch die üblichen Handlungen der Liebenden. Sie waren einander wie Geschwister und freuten sich aneinander, doch bezog es keiner auf sich, dass der andere fröhlich war. Dann aber kam der Augenblick, da Klee in seinem Übermut wieder *Amerika* sagte. *Du und dein Amerika. Willst du denn immer noch fort?* Bebend stand Lily vor der Hinterwand des unschuldigen Himmels, und Klee, abgelenkt, vielleicht von zwei Möwen, die sich in der Nähe um einen toten Fisch zankten, zog bestimmt den falschen Schluss. Er sprach sich nicht aus, weil er von Lilys Anmut berauscht und eingeschüchtert war. Und Lily beließ es bei ihrem Zorn, aus Furcht, eine Zuneigung zu verraten, die über seine hinausreichte. Und wie manches falsch getan ist, wenn das Wahre verschwiegen bleibt, ging sie grußlos von ihm fort, hoffend, er würde ihr folgen, sie einholen, ihr versprechen, dass er bleibe. Klee erriet die Hoffnung nicht, zu blind vom eigenen Wollen. Wohl riet ihm sein Herz, ihr nachzugehen, doch ängstigte ihn die Abfuhr – und vielleicht musste man so ein liebes Dinglein von Zeit zu Zeit abschütteln wie ein teures Gewand, das man zu lange getragen hat. Schwer war es ihm geworden, geschwisterlich mit ihr zu sein, die sich an nickenden Gräsern erfreute ohne Gedanken an den Mann. Und sosehr er hoffte, dass seine Wünsche nachließen, wurden sie doch nur stärker. Klüger schien es, sich Lily vom Leib zu halten durch rüpelhaftes Reden oder grausames Schweigen. Schon legte er sich's im Kopf zurecht, dass er sich edel und selbstlos meinte, sagte sich zum Beispiel vor, dass er sie nur bewahren wolle vor seiner dunklen Gier und dass er gar kein Anrecht habe auf die Freundin des Bruders. Und wie er mit sich verhandelte und sich darüber beruhigte, flogen kreischend die Möwen auf und ließen die Beute liegen. Jetzt, da er Lily aufgeben musste, ergriff Klee ein noch größeres Fernweh. Er wünschte eine Not herbei, groß genug, sein Fortgehen zu entschuldigen, es vor Malik zu entschuldigen, vor den Eltern – und vor ihr. Die Einzige, die ihn hätte halten können, war zum Grund für die Eile geworden, mit der er jetzt fortstrebte. Er näherte sich der Kirche nicht mehr, nahm wieder den kurzen Heimweg, mied auch den kleinen Hügel, von dem aus man die Straße zu ihrem Haus im Ganzen vor sich sah, drückte sich um die Orte, an denen sie fröhlich gewesen waren, obwohl es ihn mehr als je dahin zog, im Wunsch, sie gehen zu sehen, zufällig oder nicht. Oft trieb er sich an den Molen herum, wo er nach Zeichen Ausschau hielt, die ihn für ein paar Stunden oder einen Tag die eigene Kleinheit vergessen machten, den Blick in die Ferne gerichtet, die Ankunft eines Schiffes zu erraten. Bald würde er nicht mehr ausspähen müssen, würde er selbst ein solcher sein – abenteuernd, furchtlos und ersehnt. Lebhaft stellte er sich vor, wie man zum Abschied winkte, die Mutter gewiss mit dem Taschentuch des ältesten Bruders, in das die Anfangsbuchstaben seines Namens eingestickt waren und das sie seit seinem Fortgang nie gewaschen hatte, weil sie sich nicht bezwingen konnte, auch noch die Tränen des Abgängigen verloren zu geben.

Wieder verging der Sommer nicht. Wieder fiel ein Dörfler nach dem anderen in Tobsucht oder Melancholie. Und die Mägde häkelten und deuteten Besuche und Briefe und lasen im Kaffeesud und warfen Hühnerknochen und Eier, nahmen sogar die Töpfe mit den Gebeinen der leiblichen Mutter, die ihnen der Schinder für eine kleine Gefälligkeit nach der Grabräumung überlassen hatte, und schüttelten sie so lange, bis sie ganz sicher waren, die Stimme der Toten zu hören. Und einmal schrie die eine auf, weil ihr das Brot in die Suppe gefallen war und weil das ein Unglück verhieß. Wieder verendeten Tiere. Oft sah man Raben zu mehreren auf den ausgemergelten Kadavern sitzen. Der Schinder kam mit der Arbeit nicht nach. Malik war bedrückt. Vielleicht weil er den Tieren so brüderlich verwandt war, dass ihnen nichts zustoßen konnte, das nicht auch ihn aufs heftigste ergriff. Man fragte nicht nach dem Grund. Es war nicht üblich, einen Verstummten nach dem Grund für sein Stummsein zu fragen. Wohl weil man sich fürchtete, eine schlechte Nachricht zu erhalten. Oder die Antwort, die man schon ahnte. Trotz aller Vorkehrungen, das Band der Bruderschaft vor dem Abschied zu durchreißen, muss es Malik getroffen haben, als er Klee vom Militärdienst reden hörte wie von einem Kinderspiel, denn der ferne Flächenbrand treffe nie das eigene Land. Ruhig bleibe das Königreich – unabhängig und neutral. Wer wollte einem solchen Land je den Krieg erklären?

Abschied nehmen! – klang das nicht, als erhielte man was? Endlich stünde am Morgenanbruch wirklich ein neuer Tag! Klee war, als lichte sich sein Anker; doch trübte es seine Erwartung, als er dann beim Gang zum Schiff die Mutter weinen sah wie damals, viele Jahre zuvor, als die Brüder gingen und er ihr zur Seite stand, um ihren Schmerz zu lindern, der aber nicht zu lindern war, nicht mit der Kraft eines Kinds.

Die Arme der Mutter konnten nur sein: winkend oder umschlingend. Jetzt stand sie in der Mittagssonne, Malik und Lily zum Geleit. Finster blickten die beiden drein, um sich den Anschein zu geben, der Mutter zum Trost gekommen zu sein, nicht um Klee zu betrauern. Oder vielleicht, weil sie hofften, dass er dadurch bliebe. Die Hoffnung ist ja wie ein Kind – wenn es einschaut, glaubt's sich unsichtbar.

Als das Schiff auslief und Lily zaghaft winkte, trat Klee, der an der Reling stand, das Wasser in die Augen. Er bezwang sich aber mit dem Wunsch, es hätte jemand anderer gewinkt, ein Mädchen, auf das er sich bedenkenlos freuen und das ihn mit der leiblichen Sehnsucht erwarten würde. Erst als das Kleinwerden der Häuser und der immer stärkere Fahrtwind die neue Welt ankündigten, wurde ihm leichter zumute. Bald war alles, was zurückgeblieben war, auch dem Herzen außer Sichtweite. Da wurde ihm das Atmen leicht, als wäre sein Weg nach einer langen Steigung endlich flach geworden.

Das Quartier der Reservegarnison war schlicht, der Ton rau, doch war das nicht schwer anzunehmen gegen die anderen Härten. Der Krieg schien weit, der König ohne

Feind. Und in allem lag Heiterkeit, lag ein ungekannter Schwung. Die Kameraden, Jungspunde aus der Stadt, weich und matt von den Genüssen eines Lebens, das keiner großen Anstrengung bedurfte, hatten ihre Köpfe noch frei, die Ruhezeiten zu anderem als zur Rast zu gebrauchen. Sie verglichen ihre Glieder, balgten, maßen sich in Schlauheit und Mut, harnten um die Wette, pfiffen, spotteten, fluchten. Einige rauchten Tabak und prahlten mit Mädchen, die irgendwo auf sie warteten, richtige Mädchen, während Klee, mochte er auch kurz davor stehen, ein zweites rundes Alter zu begehen, immer noch keines besaß. Alles was er zurückgelassen hatte, war die Arbeit auf dem Feld, waren Vater, Mutter, Bruder – und ein Kind von dreizehn Jahren, das sich bockig gegen den Zunftstolz der Alten lehnte und sich aufs Musizieren verstand.

Klee stand die Rede der Stadtburschen nicht, und fremd waren ihm die Lieder, die sie jetzt so leichthin pfiffen, früher aber ängstlich vor sich hin gesummt hatten, wenn sie nachts in den Betten lagen und die Väter angetrunken aus den Hafenschenken kamen und es in den Nebenzimmern donnerte und grollte. Es zog ihn zu den Ernsteren hin, die in den freien Stunden im Schatten der Mandelbäume saßen, da Pistazien und Kapernfrüchte aßen und laut an die Fragen des Lebens dachten. Nicht jeder genoss ihr Vertrauen. Die Eingeweihten aber glaubten sich groß und wichtig, denn groß und wichtig schien, was da verhandelt und in sträflichen Flugschriften verbreitet wurde; nicht weniger als das Geheimnis des Glücks, das allein in der Freiheit lag. Und das Geheimnis der Freiheit? Eine Frage des Muts! Vom Ruhm der Arbeit war die Rede, von Getäuschten und Geknechteten, endlich entschlossen zum Widerstand. Es waren Geschichten, bei denen sich das Herz zur Faust ballte, Hoffnungsfunken für die von Vätern, Pfaffen und Frauen geknechteten jungen Männer, leuchtende Flammen einer glorreichen Heimat – und ein Glaube, größer als Gott!

Es zog Klee nicht mehr fort, die eigene Freiheit zu erlangen. Jetzt galt alle Freiheit dem Volk. Der Stolz des zur Fahne Gerufenen richtete ihn auf. Lange Briefe wollte er schreiben, seine Stimmung zu teilen. Doch an wen? Mit neuem Blick sah er auf das Alte, widerwillig beim Gedanken, zum elterlichen Hof zurückzukehren. Und lockte ihn auch der Teufel, sich aus dem Staub zu machen, das wilde, schwankende Leben zu kosten, das manchen schon verdorben hat. Er war nicht aus dem Holz geschnitzt, das Männer ihrer Väter Erbe still bewahren lässt, dass sie den Boden besorgen, wie es die Jahreszeiten verlangen, und sich auf die Geduld verstehen und auf den ruhigen Sinn. Glücklich mochte sein, wem das Gemüt so gestimmt war. Ihn aber drängte es zu Neuem, auch wenn ihm die lieben Eltern jetzt so viel näher waren als je, dass er sich dafür schämte. Bestimmt wäre Klee, der Not gehorchend, heimgekehrt, wenn Schicksalhaftes ihn nicht daran gehindert hätte.

*

Die Drohung kam wie ein Sturm übers Land. Dann die Nachricht vom Pakt, der Zorn der Gegenredner. *Besser tot als Untertan!,* riefen die Rekruten.

Kurz vor Ablauf seiner Frist hatte Klees Ersatzmannschaft Stellung einzunehmen. Die Tageszeitungen berichteten auf ihren Titelseiten in großen Lettern von den Ereignissen in der Hauptstadt, von aufgebrachten Menschenmassen, vom Putsch der Generäle.

Der Angriff ohne Warnung. Ein sonniger Palmsonntagmorgen war's, die Straßen schon belebt, als sich der Himmel verdunkelte unter lautem Gedröhn. Schwarze Kreuze, die aus allen Richtungen nahten, sich wie riesige stählerne Vögel im Gleitflug zu dichten Geschwadern verbanden. Hunderte waren es, oder mehr. Sie öffneten die Schächte. Tödlich die Fracht. Feuer prasselte aus ihren Bäuchen nieder. Ein Orkan raste durch die Straßen, jagte Feuerwirbel vor sich her, riss haushohe Bäume aus dem Grund, trug Verkaufsstände fort und Menschen. Kurz darauf schlugen Flammen aus Hunderten von Häusern. Fensterscheiben barsten oder schmolzen. Menschen flohen ins Freie, gingen in Flammen auf, stürzten, wälzten sich auf dem Boden, erstickten in dichtem Rauch. Tote und Verwundete lagen unter glosenden Trümmern, auf Straßen und Trottoirs, ein Kind, den Palmbusch noch in der Hand, reglos in einer Rinne, das bunt bemalte Ei zerbrochen neben dem schönen Gebinde aus Weidenkätzchen und Stroh. Hitzeblind taumelten Kinder, Männer, Frauen über die Prachtallee, wurden von brennenden Ästen erschlagen, blieben auf dem schmelzenden Asphalt kleben und versanken darin. Die Tiere des großen Zoos irrten durch verwüstete Straßenzüge. Giraffen, Tiger, Leoparden, der Menschenaffe mit nur einem Bein.

Soldaten wurden ausgeschickt, die Feinde abzuwehren. Am Tag nach dem Überfall auf die Hauptstadt fand sich Klee auf einem Militärlastwagen, unter dreißig anderen, übermütig im festen Glauben an den Sieg des Guten. Sie hatten das Kriegshandwerk gelernt. Jetzt würden sie es beweisen.

Die feindlichen Panzerverbände durchkreuzten die Stellungen mit Leichtigkeit. Die Angreifer, Gesandte einer winterlicheren Welt, trugen Helme aus Stahl und verbreiteten Angst und Schrecken. Einige Kämpfer aus Klees Reihen schlugen sich auf deren Seite, begrüßten sie als Befreier, mordeten Kameraden, die nicht mitlaufen wollten. Andere unterwerfen sich, um der Angst zu entgehen, Schutz suchend unterm feindlichen Fittich. Selbst ein bisschen grausam sein, nein, grausamer als die Ärgsten – *Tu mir nichts, ich bin wie du.* Wieder andere versuchten zu fliehen. Im Schützengraben, im Lärm einschlagender Granaten, beim Gestank von Schweiß und Blut auf fetter, feuchter Erde, packte Klee die Sehnsucht nach dem lieben Nestgeruch. Er hatte schon genug gesehen in diesen ewigen Tagen. Ein jeder hatte genug. Man will nach Hause, weil man nicht kann, weil einer aus dem Graben klettert und gleich blutend zurückplumpst. Dreht wieder einer durch, reißen ihn Kameraden zu Boden, reden und schlagen auf ihn ein. Manchmal muss man schießen, dass endlich Ruhe ist. Klee sieht Schneebälle fliegen, sieht sie am Mantel des Feinds zerschellen, an Köpfen und Gliedern und Rümpfen. Dann und wann fährt einer ins Nichts. Dann ist es mit einem Mal still.

Elf Tage dauerte es, dann war die Schlacht verloren. Klee grub sich in einen Leichenberg, hielt den Atem an, als der fremde Feldherr mit seinen schweren Stiefeln nach den reglosen Körpern trat, um sicherzugehen, dass keiner mehr lebte, jetzt, da man siegesstolz abziehe.

Stunden später hob er den Kopf, sah ein paar Tote sich regen. Wie schläfrige Ratten krochen die aus Körperbergen und Büschen, stolperten über Bäuche, Glieder, Köpfe, manche der Köpfe ohne Gesicht. Dann der Fußmarsch zum nächsten Hafen, tagelang oder länger. Klees Ferse schmerzte. Manchmal verlor er für Augenblicke das Bewusstsein. Manchmal noch ein Schuss von fern, der wahrscheinlich anderen galt. Ein Meckern und Blöken auch, ein Gackern und Krähen, heller Gesang. Fieberträume, in die er weich und tröstlich sank, flackernde Luft überm Asphalt, die sich nähernde Gestalt. Deutlich konnte er sie sehen, hat sie gleich erkannt. Der Engel am Wegrand hebt sein Gewand und zeigt sein süßes Geschlecht. Lily winkt ihn herbei, deutet auf den Gepäckträger ihres Fahrrads. Als er aber aufsteigen will, greift ihn der junge Begleiter am Arm. *Halt durch! Es ist nicht mehr weit!*

*

Im Hafen fand sich gleich ein Schiff, das Klee nach Hause brachte. Entkräftet, aber erlöst von den Strapazen des Marsches stand er an die vibrierende Reling gelehnt. Hinter dem Schiff schäumte das Meer, Spur der süßen Heimkehr, die sich in sanfte Wellen grub und sich gleich aufzulösen begann, ewig zur Spiegelglätte strebend, wie sich die Lücke, die einer im Verband seiner Lieben hinterließ, früher oder später wieder schloss.

Blut war dicker als Wasser, das Blut der Söhne aber zäh wie Harz. Keine liebende Mutter, die einen einfach so fortkommen ließ. Ewig lockten die Mütter, dass die Söhne in ihre Schöße zurückkröchen und die Väter ein Lämmchen schlachteten zur Feier der freudigen Rückkehr, denn essen wollte man und fröhlich sein und alles beim Alten wissen. Klee spürte ein Behagen. Schon war das Land in Sicht, und bald von weit das Heimatdorf. Friedlich lag es am Ufer, so an den Berghang gelehnt, ein kreideweißes Fleckchen im Grau der kargen Gegend. Beim Näherkommen sah er es deutlich. Zur Kirche hin standen die Häuser dicht, zum Dorfrand hin vereinzelt. Unbestimmbar nur, ob sie silbrig, grau oder weiß waren, denn die Zeit hatte den Stein mit namenlosen Tönen überzogen, und wie er sich die Augen auch rieb, war doch nicht zu unterscheiden, was natürlich gewachsen und was von Menschenhand geschaffen war.

Alles schien eins, so einhellig hatten sich Landschaft und Menschen einander zugefügt.

Als sich das Schiff dem Hafen näherte, kamen die ersten Dörfler gerannt, Kinder und Burschen vorneweg. Die Schiffsmotoren brüllten auf, die Bootsmänner kriegten die Eile, dass ihre braungegerbten, tätowierten Oberkörper vom Schweiß zu glänzen begannen. Flink und behänd warfen sie den Hafenburschen auf der Landungsbrücke die Taue zu. Ebenso flink waren die an den Pollern festgezogen. Schon ächzten die Bojen unter dem Gewicht des Schiffs, herrschte ein lautes Gewühl, drängelten die Passagiere an Land. Klee beeilte sich nicht. Er spürte festen Boden. Er spürte die Ferse nicht mehr. Von allen Seiten angestoßen, inmitten des Wiedersehenstaumels, Heulens, Küssens und Umschlingens, hielt er Ausschau nach solchen, die ihn willkommen hießen. Doch war von den Seinen keiner zu sehen. Den Kopf gesenkt, suchte er sich einen Weg durch das fröhliche Gedränge, furchtsam, dass den Lieben etwas zugestoßen sei.

Wieder schmerzte der Fuß, schmerzte jetzt mehr als je. Klee schleppte sich an den Alten vorbei, die wie immer an den späten Nachmittagen kartenspielend unterm Maulbeerbaum saßen und ihn wie einen Fremdling beschauten – oder mit blinden Augen. Ihre Gesichter, bronzen die der Feldarbeiter und Fischer, ölfruchtgrün die der Handwerker und Gelehrten, waren mehr als zwei Jahre gealtert, ihre Körper eingeschrumpft. Die Tage, Wochen, Jahre, sie zählten doppelt viel. Und das Dorf war nicht mehr das Dorf, obwohl Klee schwören wollte, alles schon gesehen, gerochen, geschmeckt zu haben, jeden Stein zu kennen und alles beim richtigen Namen. Warum dann aber jeder Schritt wie tausend Messerstiche? Und jedes Geräusch so grell und laut, dass es die Gedanken in Unordnung brachte? Und da, die beiden Rammel im fremden Waffenrock. Beim Haus des Doktors standen die und tünchten eine Wand. Klee suchte den Spruch zu erraten, er war erst halb übermalt. Sie hoben die Augen und grinsten, als er das Straßenschild bemerkte. Er rieb sich die Augen – aber es blieb, *Via Vittorio Emanuele.* Und vielleicht war es doch nur das Fieber, denn zweimal sah er jetzt die Katze aus dem Vorhof treten, in zweimal derselben Weise, sich beide Male schüttelnd, ehe sie zu dem Mädchen lief, das im Vorgarten hockte und sie rief und lockte. Lily! Gewachsen war sie, sehniger, aber immer noch blass, wie die Töchter im Schatten der Mütter immer blass und anfällig bleiben. Nichts war an ihr, womit sich Mädchen ihres Alters für gewöhnlich zierten, und ihre Bewegungen waren grob und lebhaft, wie man es von den Burschen kennt. Klee trat hinter die Gartenmauer. So konnte er sie ungesehen betrachten. Da trat einer der fremden Tüncher schnellen Schrittes auf sie zu. Die Kiesel unter seinen Stiefeln knirschten, das Kätzchen huschte fort. Dicht neben Lily blieb er stehen, breitbeinig, ohne ein Wort. Und während sie stur zu Boden sah, zog er seinen Reißverschluss, zog sein Geschlecht daraus hervor und erleichterte sich. Erde und Nässe spritzten ihr auf die nackten Beine. Erst als Klee hervorkam, hinkend, zerrissen, schäumend vor Wut, blickte sie ängstlich auf. Wie aus einer Starrheit erlöst, stürmte sie ins Haus. Hat sie Klee nicht erkannt? Der Tüncher war nur kurz überrascht, zog sogleich den Hosenschlag zu und baute sich vor ihm auf. *Husch, husch, Krüppel, fort mit dir!* Klee, der sich nicht bedenklich machen wollte vor dem Doktor und seiner Frau, schlich wie ein Dieb aus dem Garten und machte sich eilig davon. Vielleicht, dachte er, würde er auf dem Heimweg einer freundlichen Menschenseele begegnen, jemandem, der ihn erkannte, sich sogar über seine Rückkehr freute, doch waren die Straßen und Gassen wie ausgestorben, wie zur höchsten Mittagsstunde oder sonntags zur Kirchenzeit oder als ob ein schwerer Regen niederging, dabei war's später Nachmittag und ein Mittwoch, und der Regen, sosehr man ihn wünschte, bliebe bis zum Spätherbst aus. Jetzt aber, immer lauter, durchbrach ein Hufschlag die Einsamkeit, und Klee erblickte ein weißes Pferd, und der auf ihm saß, trug ein Gewehr, und im nächsten Augenblick waren Pferd und Reiter verschwunden.

Endlich sah er den Hof vor sich, von Schüttelfrost und Schmerz geschwächt, um die Seinen besorgt. Der Weg vom Hafen bis hierher war ihm ewig vorgekommen, beschwerlicher als der tagelange Marsch davor. Er fühlte die Lust der Ankunft nicht. Wohl fände er alles am Hof so morsch wie den Rest seines Dorfs, die Eltern schwach, den Bruder krank. Vielleicht war jemand gestorben. Etwas hatte die Zeit gerafft. Der ganze Ort stand verstockt. Als er in den Hof eintrat, bellte aber der Hund so laut, dass die Mutter, die im Garten kroch, die Raupen vom kümmerlichen Kohl zu pflücken, gleich den Kopf nach ihm hob. Schnell warf sie ihre Arbeit hin, stand auf und kam auf ihn zu. Und als sie ihn in den Armen wiegte, sah Klee über ihre Schulter, wie Malik aus dem Eingang trat. Als Mann kam der, den er als Kind zurückgelassen hatte, und war ihm nicht mehr feindlich. Der Vater saß in der Stube, zu schwach, sich hochzubringen, doch beim Anblick des Verlorengeglaubten so heiter, wie er den Dagebliebenen niemals heiter gewesen war. Die Mägde saßen mit bei Tisch und waren jäh verstummt. Sie gafften den Ankömmling ungläubig an und ließen ihr Häkelzeug fallen. *Wer hat mit dem noch gerechnet?*, rief die Jüngere aus. Die Mutter aber hob drohend die Faust, nie habe sie die Hoffnung aufgegeben, wenn noch so viele im sieglosen Kampf ihr Leben gelassen haben. Und wie Mutter und Magd sich zankten, bemerkte Klee den verhängten Spiegel und sah das Kalenderblatt an der Wand. *Maggio?*, fragte er aufgebracht, und die Mutter nickte stumm, und der Vater wiegte den Kopf und deutete ein Ausspucken an. Und *Mai,* erwiderte Malik, stolz, den Älteren zu belehren; der aber riss das Blatt von der Wand und warf es geknüllt vor ihn hin.

*

Nicht alle Männer kehrten heim. Manche waren am Fronleichnamstag immer noch nicht da. Bald kamen nur noch neue an – Ungerufene. Sie kamen mit der Hitze, die sich im zeitigen Frühjahr über die Gegend gelegt hatte, sangen andere Lieder, sprachen andere Worte und aßen doch das gleiche Brot und tranken den gleichen Wein. Breit schritten sie durch die Gassen, spuckten wo sie standen aus, harnten an Hausmauern und in frischbestellte Beete. Es waren die Komplizen der Kriegsgewinner, Söldlinge des Winters! Sie hielten die Dörfler als Knechte, unterm bittersten Joch. Von den Bauern forderten sie einen Großteil der Ernte und wenigstens jeden Sonntag ein Lamm, von den Fischern das meiste vom Fang, von den Händlern Gerätschaft und Wäsche, von den Bürgern Zierrat und Gold. Ins Haus des Doktors drangen sie ein und warfen die Bücher zum Fenster hinaus, nicht einmal Lilys Märchenbuch ließen sie verschont. Vor der kleinen Dorfbibliothek häuften sie die Bücher auf, gossen schnell Benzin darauf und zündeten sie an. Dann juchzten sie und grölten und lachten laut dazu, und einer kam gelaufen, stolz auf seinen verspäteten Fund, noch zwei Armvoll Bücher, und jedes schauten sie hämisch an und lasen den Namen des Schreibers vor, eh sie's ins Feuer warfen – Gorki, Babel, Sulaimān. Nur Jelkas Buch von der anderen Welt blieb den Schändern verborgen.

Sie fanden neue Schikanen, beklebten die Mauern mit Warnzetteln, beschmierten sie mit Parolen und Sternen, anderen Sternen, groß und gelb. Auch auf das Haus des Doktors malten sie einen Stern. Doktor Stern nannte er sich seitdem, und wenn er dabei auch lächelte und den anderen Stern meinte, stand ihm die Ahnung längst im Gesicht. Kurze Zeit später zogen die Peiniger alle Radios ein – fünf gab es im ganzen Dorf. Die Einschüchterung gelang. Einige Dörfler ließen vor Angst die Kerzen über Nacht brennen, dass manches Zimmer in Asche lag. Andere betrieben Abgötterei, redeten mit Laternenmasten, imitierten Katzenschreie oder jaulten wie Hunde. Der älteste Sohn des Messners aber, ängstlich von Geburt, erwachte jede Nacht und schrie, und sein Schreien verwandelte sich in ein Krähen, und er krähte wie ein Hahn und scharrte bald auch mit den halblahmen Füßen, und einmal sprang er wackelig aus einem Busch hervor und riss seinen Mantel auf und schrie selbst dabei noch *Kikeriki,* als wäre er wirklich zum Hahn geworden. Wieder andere prügelten sich, schlugen auch Kinder und Frauen. Und manche schändeten Dienstfrauen und Mägde, aber auf die widrige Art, um nur kein Kebsbalg zu zeugen. Die Geschändeten aber steckten sich mit der Grobheit an, wie Säuglinge manche Wesensart der Amme aufnehmen, wenn sie nur lange genug ihre Milch trinken. Manche behielten den Samen so lange in ihren Mündern, bis sie Embryonen spien.

Da war ein Überschnappen und Gottverfluchen und viel Gerede vom Teufel, der den Landbesetzern in die Hände spiele. Und doch schien den meisten das Ausharren besser als Aufruhr, nahmen sie lieber grollend hin, was das Schicksal ihnen aufgab. Was sie zu erdulden hatten, gaben sie an ihresgleichen, wie bei den traurigen Wellensittichen einer dem anderen die Federn auspickt. Finster schielten sie nach dem Schicksal der anderen, trösteten sich mit fremdem Unglück, als spöttische Vergeltung für das selbst Erlittene, und obwohl sie alle Habenichtse waren, neideten sie sich dies und das. Sprach einmal einer vom Widerstand, verbat man ihm schnell den Mund, denn was hoffen oder hadern, wenn der Ungehorsam vermutlich ein noch größeres Unglück brächte. Tag für Tag mit dem Leben davonzukommen war immerhin besser als sterben.

Manchen Jungen gelang es nicht, sich zur Vernunft zu ermahnen. In ihnen regte sich der Widerstand einer unverdorbenen Natur, ein ungeahnter Mut, der aus der Verzweiflung aufging, wie der Feigenbaum aus seinem scheintoten Holz wilder austreibt als zuvor. Angeboren war ihnen der Trotz, wenigstens denen angeboren, die dem dürren, steinigen Land etwas abringen mussten.

Klee drängte es zum Gegenstoß. Er schwadronierte von Freiheit, rief *Besser tot als Untertan* und manchen anderen Spruch. Doch sahen viele Leute im Dorf nur ihren Frieden gefährdet, nannten ihn *Umstürzler, Brandstifter, Narr* und mahnten zur Vernunft. Die Landbesetzer, so meinten sie, wären ja durchaus freundlich, solange man nur duldete, was sie einem befahlen. Und tatsächlich war es so, dass mancher mit denen Freundschaft schloss und manches Mädchen schöne Augen kriegte, wie sie da schritten und stolzierten, während die anderen sich beugten. Da reichte schon das Raffen eines Rocks, sie begehrlich zu machen. Auch die Mägde schäkerten mit den fremden Hammeln.

*

Die Mägde trafen sich heimlich und folgten ihrer Natur. Beim vollen Mond lauschten sie auf Klopfzeichen und rückten ihre Becher. Als der Winter kam, saßen sie beim Kamin und häkelten Deckchen und erzählten sich, was sie mit eigenen Augen beobachtet oder die Geister der Toten ihnen anvertraut hatten. Sie glaubten wie die Kinder daran, weil ihnen nichts geblieben war, woran sie sonst glauben konnten. Wussten sie keine Geschichten mehr, erfanden sie sich welche – von mondsüchtigen alten Jungfern, die nachts über Dächer stiegen, Mädchen, die ihren Angebeteten einige Tropfen Harn in den Trank einrührten, um sie in sich verliebt zu machen, Frauen, die den eigenen Müttern die Brust anboten und ihre Kinder darben ließen. Oder vom Messner, der das Haushaltsgeld vertrank und nach dem Gottesdienst immer in den Klingelbeutel griff. Oder von der stotternden Mara, der die Fischersfrau so lange eingeredet habe, dass ihr Mann, wie man so sagt, unterm Zaun durch weide, dass sie es der Rachsucht wegen fortan mit dem Teufel trieb. Immer wieder habe sie den eingelassen, obwohl das Geschlecht des Teufels kalt und hart wie Stein sei und sein Samen scharf wie Wolfsmilch in der Ritze brenne. Das tot geborene Teufelsbälgchen soll sie in einer finsteren Neumondnacht unterm Traufstreifen des Kirchendachs vergraben haben, damit es durch das herabtropfende Wasser doch noch getauft würde. Den alten Frater aber, der sie unter Obrigkeitsaufsicht stellen wollte, fand man leblos in seinem Bett. Jemand musste ihn totgebetet haben, nachdem er nicht müde geworden war, nach dem Vater des Kinds zu forschen.

Auch von verliebten Naturen war die Rede, die von allbekannten Huren sich zur Ehe bewegen ließen oder von einem Tag auf den anderen von einer wahnwitzigen Leidenschaft für ein Mädchen befallen waren. Oder vom hässlichen Schinder, der als Jüngling von einer Frau im Reitkleid verlockt worden war, worauf er nur Frauen begehrte, die sich im Reitkleid zeigten. Weil er aber keine fand, pflegte er Umgang mit Stuten. Der Pfaffe, sagten die Mägde, sei übrigens auch kein Heiliger. Jeder Schürze laufe der nach, habe auch bei ihnen sein Glück schon versucht und halte es nun mit der Fischersfrau, wofür er sich Abend für Abend mit dreißig Peitschenhieben bestrafe. Auch sein Vorgänger habe die Enthaltung nicht ertragen, sich aber rechtzeitig ins Meer gestürzt, um nicht wortbrüchig zu werden. Ein anderer Beichtvater habe seinem vierzehnjährigen Cousinchen einen Trank aufgezwungen, nachdem sie schwanger geworden war. Und als der nicht zur Wirkung kam, ging der Beichtvater Jelka an, ihr einen stärkeren zu brauen – alle Sünden seien Jelka im Gegenzug vergeben. Doch Jelka hob das Kind zur Welt: Die einäugige Manda.

Zwar war dem Gesinde eine Schweigepflicht auferlegt, aber keiner hielt sich daran. Klee war das nur recht, und es war ihm einerlei, ob die Geschichten der Mägde wahr oder frei erfunden waren oder von beidem etwas. Man sah die Hauptfiguren ohnehin schief an – oder mit jener heimlichen Bewunderung, die gar nicht willentlich war. Die Erfindungsgabe der Mägde füllte den einfarbigen Alltag mit Leben, und nichts da schien annähernd so gut wie das Erfundene, und nichts so groß wie die Wahrheit, die einen zur Erfindung drängt.

An manchen Abenden sah man die Mägde kleine Püppchen fertigen. Sie stopften sie mit Wolle und Moos, nähten ihnen Muschelaugen, bestickten sie mit Menschenhaar und gaben ihnen Namen. Die Püppchen verwahrten sie sorgsam. Nur ab und zu holten sie eines hervor und stachen mit Stecknadeln darauf ein, zuversichtlich, dass dies dem, den es verkörperte, Glück oder Schmerzen verursache, unempfindlich gegen die Warnungen der Mutter, dass alles, was sie anderen täten, drei Mal auf sie selbst zurückfiele. An wieder anderen Abenden war es den Mägden ein Zeitvertreib, ihre groben, nie sauberen Finger flach auf den Tisch zu legen und so allerlei Fragen zu murmeln, die der Tisch mit einem Klopfzeichen beantwortete. Auf diese Weise meinten sie Botschaften aus dem Jenseits zu empfangen und gegenwärtige oder vergangene Ereignisse, die sich ihrer Kenntnis entzogen, vor allem aber ihre Aussichten in Liebesdingen, zu ermitteln. Klopfte es einmal, hieß das ja, klopfte es zweimal, war's ein Nein. Und welche Lust, unter dem Tisch ein heimliches Klopfzeichen zu geben, um sie in die Irre zu führen! Als sie Klee dahinterkamen, zogen sie sich für ihr Treiben ins Mägdezimmer zurück und versagten ihm den Zutritt. Und bestimmt versteckten sie sich auch, weil die Mutter es nicht gerne sah, wenn sie mit Geistwesen in Kontakt traten, überzeugt, dass man mit solchem Unfug auch Ungerufene ins Haus hole, die nur ins Diesseits zurückkehrten, um offene Rechnungen zu begleichen oder die Lebenden um den Verstand zu bringen. Die meisten ließen sie nie mehr in Frieden, und mancher sei so in den Wahn getrieben worden. Besser und sicherer sei es, die Fischersfrau zu befragen, die sich auch darauf verstünde, Künftiges vorherzusagen, Glück und Unglück herbeizuführen, sogar Dürren auszulösen, die Ernte durch Schädlinge zu vernichten, die Milch in den Eutern der Ziegen zu verderben, sogar Keuschheitsproben vorzunehmen. Dazu setze sie die Verdächtige auf ein Weinfass. War ein Mädchen gefallen, trat ihr nämlich der Weingeruch alsbald beim Mund heraus. Was die Mutter nicht bedachte: Die Dienste der Fischersfrau kosteten Geld, das die Mägde nicht hatten. Vermutlich trat, was sie ankündigte, auch nur deshalb ein, weil die Wissbegierigen für jede Auskunft fünf Dukaten berappen mussten, sodass sie sich dran klammerten wie Schiffbrüchige an Holzplanken. Besorgt hingen sie an den Lippen der Fischersfrau und lasen angestrengt in ihrem Blick, ob sich darin der eigene Tod schon spiegelte. Alles Handeln und Ermessen richteten sie nach ihrer Prophezeiung, bis sie sich wie von selbst erfüllte, dass nicht der leiseste Zweifel blieb an der lenkenden Kraft ihrer Spruchformeln und an der Wirkung ihrer Kräuter, Amulette und Ratschläge.

Klee verehrte die Mägde für ihren heimlichen Ungehorsam und die kleinen Gegenschläge gegen die Brotherren, deren Söhne sie mit schlüpfrigen Anekdoten verwirrten und von früher Kindheit an mit geschlechtlichen Spielen verdarben und sogar mit ins Bett nahmen, um sie zum Verkehr abzurichten, während sie davon träumten, dass ein wohlhabender Fremder in goldener Karosse vorführe und sie aus ihrer Stellung erlöste. Treulos sind doch immer die, die aus eigener Kraft nicht entkommen. Wer hätte es ihnen verdenken sollen, Rache zu üben, wo ihr vorgezeichneter Lebensweg keine Erlösung zuließ, ja die Zukunft nur noch Schlimmeres verhieß? Es war bekannt, wie es endete. Man dehnte ihnen die Lippen und griff nach den kleinen Puppen darin, die zwischen den Gaumenbögen wuchsen und ihnen den Atem raubten. Die zur Arbeit nicht mehr Tauglichen schickte man mitleidlos fort. Meist wanderten sie von Hof zu Hof, ein Gnadenbrot zu erbitten, fast immer gleich davongejagt, denn der Brauch schrieb vor, dass derjenige fürs Begräbnis aufzukommen hatte, bei dem die Magd gestorben war, und kaum ein Bauer, der das leisten wollte. Der alte Turek, erzählte man sich, soll eine Frischverstorbene bei Nacht und Nebel zum Nachbargrundstück geschleppt haben, um es so aussehen zu lassen, als wäre sie am Weg dorthin zusammengebrochen. Der Nachbar habe dem misstraut und sie in der folgenden Nacht heimlich zurück zum Turek gebracht. So sei die Leiche drei oder vier Mal hin- und hergewandert, ehe der Turek sich dazu durchrang, Salahuddin den Esel an den Samstagen fortan unentgeltlich bereitzustellen, wenn der die tote Magd nur ein für alle Mal aus der Welt schaffe.

Was blieb den Mägden anderes, als Gott und die Welt zu verlästern? Und was hätte die eine ausrichten sollen, als Klee, dem alle Zauberei bis dahin nur Humbug war, sie ernstlich dazu antrieb, die Knöchelchen ihrer toten Mutter zu befragen, ob ihm die Liebe in Erfüllung ginge? Sie muss etwas gesagt haben, das ihn dazu brachte, jedes Mal, wenn er am Haus des Doktors vorbeikam, auszuspucken, um einer guten Fügung nachzuhelfen.

Vom Ungehorsam

Nicht nur die Mägde trieben es wild, auch die übrigen Dörfler. Obwohl sie die Herrschaft schicksalhaft glaubten, wuchs in ihnen Hass. Die Landbesetzer witterten es. Sie tilgten die wenigen Utensilien des geselligen Zeitvertreibs, alle Aussichten des flüchtigen Vergnügens, verboten selbst das Schwärmen und Spazieren. Bald durfte sich niemand mehr zwischen sieben Uhr abends und sechs Uhr früh auf den Straßen und Plätzen blicken lassen. Die Menschen haderten still. Wohl ballte sich vielen die Faust im Sack, und wenn sie unter sich waren, zischte mancher *Freiheit dem Volk!* Doch nichts davon nach außen hin, und die Männer und Frauen schliefen Rücken an Rücken und hüllten sich in ihr Schweigen und verhüllten ihre Not durch gegenseitigen Groll.

Am neunten Tag des Ausgangsverbots erklang spätabends das Orgelspiel, und alles stand gebannt. Die Dörfler hielten den Atem an, reckten die Hälse, hielten sich schon für verrückt. Denkbarer war das Verrücktsein, als dass noch einer ausgeflogen war gegen das strenge Gesetz. Die Leute waren ja töricht genug, alles zu verleugnen, was ihnen nicht wahrscheinlich schien. Klee aber begriff sofort und lief hinaus in die Nacht. Die Kirchentür stand angelweit. Als er eintrat, war ihm entfallen, wozu er gekommen war. Spielte Lily für sich? Oder für ihn? Oder für jemanden, der unsichtbar zugegen war? Unheimlich war ihm das Spiel, wie ihm manches unheimlich war, als er sich noch im Kleid der Mutter verstecken konnte. Langsam, in der Hoffnung, unbemerkt zu bleiben, näherte er sich dem Aufgang zur Empore, stieg die steile Treppe hinauf, blieb dicht hinter Lily stehen. Als sie es merkte, stockte sie kurz, doch fuhr sie augenblicklich fort, lauter jetzt und schneller, als suchte sie sich etwas Quälendes vom Leib zu spielen. Da aber packte Klee sie am Arm, dass der ungestüme Klang mit einem falschen Ton jäh endete, und redete eindringlich von der Gefahr, die Landbesetzer zu reizen. Lily aber riss sich los, und wütend fuhr sie ihn jetzt an, *Besser tot als Untertan! Hast du's nicht selbst gesagt?*

Klee ging ein Stich durchs Herz. Unschlüssig, ob er Lily für ihren Mut bewundern oder für ihre Dummheit verwünschen sollte, blickte er ihr nach, wie sie in die Nacht entkam.

Von da an erklang die Orgel allabendlich zur verbotenen Zeit. Niemand stellte sich Lily in den Weg, nicht Mutter noch Vater noch Klee. Und nicht einmal die Landbesetzer. Vielleicht dachten sie, dass da ein Engel spiele, dem Gott selbst die Klänge eingab. Bestimmt war ihnen die Musik tröstlich, fern der Heimat, abkommandiert in die Fremde, wo man ihnen widerwillig Anteil gab, dass sie darüber begehrlich wurden. Von Tag zu Tag forderten sie mehr, lächerlich in ihrem Stolz, der der Stolz der Beschämten war, fremde Gärten durchstreifend, wo sie trampelten und rupften und aßen, und nur des Tributes wegen, längst satt, aber wie zu kurz gekommen alles neidend, wenn die Kinder das Angebissene und Weggeworfene aufhoben und gierig verschlangen.

Man ahnte alles, ahnte nichts. Da war kein Glück ohne Freiheit. Und nicht Freiheit ohne Mut. Es blieb dem Menschen aufgetragen, nicht nur den Freuden, sondern auch den Prüfungen des Schicksals sich freundlich zu stellen, denn niemals würde einem Irdischen ungemischtes Glück zuteil. Der Götter Liebling, sagte sich Klee, kriegt immer beides ganz, und niemals eins ohne das andre, und wo

Licht, da Schatten – so auch umgekehrt. Nur der zur Freude Begabte wüsste um die Beschwerlichkeit. Wem käme zu Bewusstsein, wie leicht das Gehen auf ebener Erde fällt, wenn nicht dem, der gerade noch eine Steigung zu bewältigen hatte. Und wem fiele je ein Stein vom Herzen als dem, der eben noch Aug in Aug mit einer Befürchtung stand? Er ahnte, dass die wahre Freude wohl eine ernste Sache war. Und: Lily hatte recht!

Klees Schritte wurden sicher. Er folgte Lily nicht mehr, doch hielt er sich weiterhin an die Vorschrift, vorm Haus des Doktors auszuspucken, sooft er daran vorbeikam. Dabei hatte er den Verdacht, dass selbst, wofür er alles gäbe, im Augenblick der Erfüllung unvollkommen wäre und eine Sehnsucht bliebe, wie wenn da eine höhere Vollkommenheit wäre, die sich dem Augenblick versagte, dass nur keiner ihren Zauber griffe. Vielleicht bliebe das Glück immer einen Atemzug schneller als er, nicht zu fassen, rein ein Hoffnungsding.

Wieder wünschte er etwas herbei, vor dem sein Dürsten belanglos würde, eine Sintflut, eine Schlacht, ein größeres Schicksal jedenfalls, das er seinem kleinen, dünnen Schicksal überstülpen könnte, damit es sich darin verlöre, etwas, von dem auch andere betroffen wären, damit er nicht alleine blieb und nichts mehr zu verbergen. Und endlich etwas bewirken, das zur Erzählung taugt: Lily die Freiheit versprechen, ihr ebenbürtig sein – und ganz von ihr erkannt.

Es brauchte eine Tat.

IV

Maliks Traum

Als wär's ein Fest

Einmal, an einem Sonntag, blieb Klee vor der Kirche stehen, um den Leuten ins Gewissen zu reden. Kein guter Christ sehe tatenlos zu, wie man den lieben Boden tritt, an dem sich die Mütter und Väter rastlos geschunden haben. Das Land, rief er, gehöre nur Gott und dem, der es bestellt. Da ging ein Murmeln durchs Gewühl, und es schnatterten die Frauen, und es brummten die Männer, und keiner, der gleichgültig blieb. Da trat der Pfaffe auf einmal hinzu und mahnte Klee zur Besinnung. Doch gab es für den kein Bedenken mehr, nicht immer wählt, wer sich lange besinnt, letzten Endes das Beste. Ein paar Junge zögerten nicht und stellten sich gleich zu ihm. Und einer heizte den anderen an, und alle fühlten sich eins.

Bald luden die Jungen zu einem Fest und luden auch die Besatzer ein, wie um sich zu versöhnen. Sie tischten auf, was aufzutreiben war, und gossen verschwenderisch ein und klopften dem Feind auf die Schulter und gaben sich freundlich und gut.

Der Tag war sorgfältig gewählt. Von weitem sah man auf den umliegenden Schären die Maifeuer brennen. Die Landbesetzer taten, als bemerkten sie es nicht. Erst als von der Kirchturmspitze jenes rote Fähnlein hing und die Mädchen an den langen Tischen flüsterten und die Burschen einander schnelle Blicke zuwarfen, wurden sie blass und nervös. Zwei von ihnen sprangen auf und jagten gleich zur Kirche. Mit Mühe, unter dem Gekicher der Mädchen, bargen sie die Fahne. Dann kehrten sie mit einem wieder, der es nicht gewesen sein konnte. Frater Leo, das wussten alle, war nicht schwindelfrei. Weil sich aber kein anderer fand, dem man auf die Schnelle die Schuld in die Schuhe schieben konnte, musste er zur Abschreckung büßen. Die Hände auf dem Rücken banden sie ihn an einem Poller fest und steckten das rote Tuch in Brand, und die Funken schnellten in den Nachthimmel, und die Ausgelassenheit stockte zur Betretenheit. Klee wollte aufspringen, doch hielt ihn Malik am Ärmel, den Plan nicht zu durchkreuzen. Da bezwang sich Klee und machte gute Miene, auch als die Besatzer die Mädchen mit ihren Blicken verzehrten, sie tätschelten und umschlangen, und da, im Augenwinkel, der Ring aus Mittelfinger und Daumen, darin der Finger der anderen Hand, die unverhohlene Ankündigung, alle Döschen und Schmuckkästchen zu brechen, früher oder später sie zu knacken, sie mit ihrem Schmutz zu füllen, dass sie Schmutz gebären. Manches Mädchen, vom Wein berauscht, schäkerte, poussierte oder schmiegte sich an. Doch eine saß aufrecht und nippte am Glas und ließ sich durch nichts beirren. Nie hatte Klee sie bisher bemerkt, sie, die leibhafte Madonna. Über die, so dachte er, habe der Teufel keine Gewalt, und lange sah er zu ihr hin, und auf einmal jenes Wort, das ihm zwar geläufig war, aber nicht Erkenntnis. *Frau* ging es ihm jetzt durch den Kopf, und so zum ersten Mal, *Frau!* Laut wollte er es rufen, stattdessen wurde er still. Die Tischnachbarn bemerkten es. Wie die lachten und ihn neckten, stand auf einmal Lily vor ihm und kippte ihm wortlos den Wein übers Hemd, und schnell war er wieder bei sich. Kurz war es still. Dann aber ein Mordsgelächter, die Rache der Verschmähten, denn mancher, der sich um Lilys Gunst beworben hatte, machte längst einen Bogen um sie, Schwächlinge, denen das Knacken einer besonders harten Nuss nicht gelingen wollte. Sie grölten und lachten immer noch, als Lily in der Menge verschwand, und plötzlich löste sich ein Schuss, und die Straße leerte sich jäh.

Klee und Malik blieben zurück und lösten den Frater vom Poller. Gemeinsam warteten sie, bis Angst und Finsternis auch den letzten Landbesetzer von der Straße vertrieben hatten. Dann, auf ein stummes Zeichen, liefen sie zum Schulhaus, wo sie die Waffen der Landbesetzer wussten. Halb trunken vom Wein, halb trunken vor Wut brachen sie die Tür auf. Im Innern standen zwei große Truhen, darin, was sie erhofften. Klee gab Malik ein Gewehr, *Nimm, jetzt sind wir Helden!* Jeder nahm die Arme voll, dann schlichen sie zur Kirche. Frater Leo öffnete das Schloss. Knieweich stiegen sie die wackeligen Holzstufen zur Sakristei empor. Dort, in einer Kiste, versteckten sie die Gewehre. Fremd war es Klee, ein Dieb zu sein, so blieb er fest im Glauben, kein Unrecht getan zu haben. Also trat er nun vor Gott: *Wir haben's auch nicht leicht.*

*

In den folgenden Tagen taten die Landbesetzer, als wäre nichts geschehen. Als der Jahrestag der Landnahme bevorstand, trugen sie den Dörflern auf, alle Häuser festlich zu schmücken, und verteilten ihre Fahnen. Da ging ein Gerede von einem zum anderen, an jenem Tag nicht auszugehen und die Fenster statt mit den fremden Fahnen mit roten Tüchern zu behängen. Klee gab der Mutter den Auftrag, ihn früher als sonst zu wecken, damit er, während alles schlief, die Häuserwände beschreibe. Die Mutter aber brachte es nicht übers Herz, den Schlafenden zu stören. So machte sie sich selbst zurecht, nahm Pinsel und Farbe und ging los, schrieb *Freiheit dem Volk!* auf manche Wand, schrieb es mit zitternder Hand. Als die Landbesetzer Stunden später in festlicher Montur durch die Straßen zogen, war kein Dorfbewohner anzutreffen, und nur die roten Zünglein zuckten fröhlich im Wind.

Am nächsten Morgen holten sie sechzehn Dörfler zum Verhör. Der einäugigen Manda drückte einer die Zigarette an der Stirn aus, weil sie nichts andres zu sagen wusste als *Manda, schönes Kind.* Dabei soll sie sich wie vom Teufel besessen bewegt und immer wieder ihr Kleid hochgerafft haben. Den alten Darovan schlugen sie, dass ihm der letzte Zahn ausfiel, denn er war aus Rebholz geschnitzt, längst so stumm wie ein Scheit. Lily sah man mit blutenden Händen aus dem Wachposten treten. Nur die Fischersfrau ließen sie unversehrt, mancher ahnte den Grund.

Von da an roch es nach Leichen. Die Landbesetzer schwangen Reden, drohten, die Aufmüpfigen hinzurichten und den Ort zu vernichten. Mit der Verzweiflung wuchs der Mut. Immer mehr junge Männer zerrissen die Einberufungsbefehle der mit den Besatzern kollaborierenden Armee und schlossen sich Klee und den Seinen an. Andere wussten sich keinen Ausweg, erhängten sich oder gingen ins Meer, und einer saß vor dem Kirchentor und schoss und sank vornüber.

Der Pfaffe rief von der Kanzel, Klee wiegle die Jungen und Dummen auf, treibe jede Woche eine neue Sau durchs Dorf, mache alles nur schlimmer. Einige stimmten dem Pfaffen zu. Zwar lag der Trotz einem jeden im Blut, doch schien der Gehorsam eine Tugend, die man sich in Zeiten der Ohnmacht tröstlich überziehen konnte. So mahnten sie die Jungen zur Beherrschung. *Wollt ihr schuldig werden? Die Glut eures Herzens zu unseren Lasten stillen? Gebt endlich die Waffen zurück!* Auch der Pfaffe forderte, das Schicksal mit Demut zu tragen und die Ausschreitungen des rachsüchtigen Geistes zu meiden, denn niemals sei ein Übel mit einem noch größeren Übel vergolten und einzig habe ein Mann die Pflicht, das Haus zu erhalten, das Feld zu besorgen, das Geschäft der Väter fortzuführen. Was aber wusste der alte Pfaff von den Träumen der Jungen, denen das Unrecht ans Innerste rührte und die noch biegsamen Knochen krümmte. Das Gute siegte nicht von allein.

An einem dieser Tage sah Klee die unbekannte Frau am Marktstand des Turek um einen Kohlkopf feilschen. Als er sich zu ihr stellte und prüfend den Kohl beschaute, fragte sie, wie es denn komme, dass ein Bauernsohn wie er Grünfutter zukaufen müsse. Der Turek aber knurrte *Mach, dass du fortkommst, Klee! Die kriegen euch noch alle.*

Klee?, wiederholte die Frau. *Und du?* Er war jetzt der Mann.

Es folgte die übliche Fragerei, wie sie an jedem Anfang steht. Klee hätte die Frau mit allen Namen gern gehabt. So hieß sie eben Ida. Ida, die aus Daleko kam, die Dorfkinder zu unterrichten. Erheblich war: Sie war die Frau. Und er schämte sich dafür, und Ida sah ihm lange nach und verwunderte sich vielleicht, dass einer ohne Abschiedswort sich mir nichts, dir nichts entfernte.

Als Klee zum Haus des Doktors kam, erwog er, wie gewöhnlich auszuspucken, tat es aber diesmal nicht. Lily würde ihn nicht erhören, das schien auf einmal besiegelt. Die andere aber wär ein Versehen, allenfalls ein Ersatz! Er wollte nur noch schnell dahin, wohin die Verzweiflung ihn trieb. Und keine würde um ihn trauern als die arme Mutter.

Auf!

An einem Frühlingsmorgen machte sich Klee mit den Seinen auf, und keiner sonst wusste, wohin. Lily aber blieb nicht still, ihm auf die Spur zu kommen. Zufällig hatte sie von ihrem Fenster aus beobachtet, wie er sich vorm Haus besann, nicht wie gewöhnlich auszuspucken und sie zu verbittern. Als Versöhnungszeichen nahm sie es, nach den Zeiten des Zwists. Weil der Kurier nicht redete, verfolgte sie ihn heimlich. Wild entschlossen war sie, ihr wacher Geist voll Übermut, nur das Bein dem Eifer hinderlich. Wie sie strauchelte und stürzte und am Ende liegen blieb! Und wie Klee sie huckepack forttrug, so schnell, dass die anderen Läufer im Nu eingeholt waren. Und wie sie aus dem Traum schrak und endlich einsah, dass sie dem Freund nicht beistehen konnte, ihn durch ihre Gegenwart nur gefährden würde! Traurig trat sie den Heimweg an, machte immer wieder Halt und richtete die niedergetrampelten Gräser auf, dass keine Spur sie verrate.

Fünf Wochen zogen ins Land, ohne dass neben Gewohntem irgendwas Großes geschah. Dann aber, am Fronleichnamstag, sah Klee vom hohen Versteckplatz aus zwei Lastwagen, riesige Staubwolken aufwirbelnd, auf das Dorf zu fahren. Durch den Feldstecher konnte er Menschen auf den Ladeflächen erkennen. Mindestens vierzig mussten es sein. Er hörte ihr Singen und Grölen, leise vermengt mit dem Rauschen des Winds, dem Zirpen, Summen, Rascheln der von winzigen Wesen belebten Wildnis. Ein Tönen in kräftigen Farben war das! Und da, irgendwo in der Tiefe, das Blöken von Schafen, abgelauscht von den Felsen ringsum, die sich die Stimmen der Lebenden borgten, wie Spötter ihre Stummheit zu durchbrechen. Ein wenig schwindlig war ihm da, und wieder dachte er *Frau*, mit Leib und Seele dachte er es und wie es den Männern natürlich war. Er dachte auch an die Mittagsfrau, die, nicht dass er es selbst gesehen hätte, an den heißen Tagen auf dem Feld erschien und jedem, den sie antraf, den Geist verwirrte und die Glieder lähmte. Ihre Plätze waren an den geknickten Gräsern zu erkennen, die zu betreten als gefährlich galt. Wie gut aber jetzt die Erzählung, die früher furchteinflößende, und gut mit einem Mal auch das Land, das seine darbenden Kinder Hoffnung und Tapferkeit lehrte. Und welcher Unterschied in der Heranbildung der Eigenschaften, ob einer in Dürre und Mangel reifte oder an einem Fleck von fetter Erde und üppiger Frucht, besoffen von der Milch des Lebens, am Ende aber verweichlicht und ohne Widerstandskraft. Nur wer den Durst kennt, atmet frei. Da, auf den Feldern des Vaters, in den Weingärten und Ölwäldern, hat er das Alleinsein gelernt, das mehr ein Gespräch war mit sich selbst, ein schwärmerischer Monolog, nie eine Einsamkeit. Komm, Langeweile – hohes Gut! Substanz und Traum zur gleichen Zeit. Und wo war die Hitze geräuschvoll wie hier? Der Glutgesang der Insekten, schon den Ahnen fest ins Trommelfell gewachsen, hatte die Wirkung, den Verstand zu lichten und einen zur selben Zeit in einen traumhaften Dämmer zu versetzen, ganz an den Saum des Bewusstseins zu rücken, dass man sich manches einbilden konnte ohne jeden Verdacht. Bald hatte eine Knospe ein Mädchengesicht, bald war der Ölbaumast ein Frauenbein, und der Boden dampfte den Schweiß der Faune und Druden, und der Feind stahl den Schatten aus dem schönen Hain, in den die Hirten hochmittags die Schafe und Ziegen entließen. Groß sind die Bäume gewachsen und groß ist ihr Ertrag! Von seiner Warte aus konnte Klee das ganze Dorf sehen, friedlich vor ihm ausgestreut. Und friedlich auch der Hof. Er blickte hinunter auf das anmutige, aus rohem Stein gemauerte Anwesen, und dann ein Anflug von Übermut, die Seinigen endlich wiederzusehen, und wieder *Frau,* und Ungeduld, und nichts mehr, das ihn hielt. Gut so, dachte Klee, als er den Hügel hinabstieg. Gut so, rief er schließlich aus, mit der Welt vereinigt wie nie.

Malik und Leo, die ihm gefolgt waren, holten ihn beim Hoftor ein. Als sie in die Küche traten, wies der Vater ihnen die Tür. *Verschwindet, schnell, sie kommen euch holen! Sie kommen uns alle holen!* Die Mutter aber, weinend, drückte Klee einen Laib Brot in die Hand und drängte ihn zu Besinnung. Er riss sich aus ihrer Umarmung und ging, die Freunde im Geleit.

Rasch fanden sie ein Versteck. Da warteten sie eine Weile, um zu prüfen, ob die Luft rein sei. Kinder kamen vorbei. Auch drei Landbesetzer. Einer von ihnen trat vor ein Kind, pflückte einen unreifen Apfel, biss hinein, spuckte gleich aus und warf die angebissene Frucht grinsend vor die Füße des Kinds, dass es den Apfel nehme, doch wie es ihn schnell an sich nahm, sah der Besatzer es drohend an, und es warf ihn weit von sich, hungrig und beschämt. Klee, der alles mitangesehen hatte, vergaß sich und stürmte aus dem Versteck. Zwei Kugeln pfiffen – Schreie unbekannter Vögel. Klee lag leicht verletzt, der Apfeldieb im Sterben. Die feindlichen Kämpfer nahmen Reißaus. Leo sah Malik ehrfürchtig an, warm war der Lauf des Gewehrs.

Tage des Zorns

Bald jährte sich der Tag, an dem vorzeiten der Hügel über dem Dorf im höchsten Sommer schneebedeckt lag. Am Vorabend des Wunders soll die Heilige Jungfrau einem Kaufmann erschienen sein, um ihm die Geburt eines Sohnes zu versprechen, wenn er da, wo anderntags Schnee liege, eine Kapelle errichten lasse.

Wie jedes Jahr wurde die kindsgroße hölzerne Madonna mit Blumen und Muscheln geschmückt auf einer Sänfte durchs Dorf getragen. Die Vorhut des Festzugs trug mannshohe Kreuze, und die Träger keuchten und schwitzten, während die Frauen, Kinder und Alten aus Leibeskräften beteten. Später, in der Kirche, ging ein Murmeln durch die Reihen, *Herr, wir haben Durst. Wir haben nichts.* Und *Herr, ich habe gesündigt in Gedanken, Worten und Taten,* und die Gottesfürchtigen schlugen sich dreimal die Faust an die Brust, und *Ich habe den Nachbarn verdächtigt, ein Verräter zu sein, und meinem Nächsten etwas in die Schuhe geschoben, Härteres als Erbsen,* und manche sahen einander aus den Augenwinkeln an, ob nicht einer unter ihnen sei, der Hagel, Blitz und Sturm auslösen könnte oder wieder die Dürre.

Die einäugige Manda aber, die am Ende der Kirchenbank saß, änderte plötzlich ihren Blick. Stumpf begann sie zu starren, warf ihr liebes Püppchen zu Boden, warf sich auf alle viere. So lief sie dann auf Händen und Knien miauend zwischen den Reihen herum und wirbelte und kratzte an Röcken und Hosenbeinen. Herrschte sie einer deswegen an, knurrte sie und fauchte. Und als ihr eines der Kinder ein geknülltes Papier zuwarf, spielt sie damit nach Katzenart, rollt es hin und her. Ratlos sah man das Treiben, und die

Beter beeilten sich, ihr Amen zu hauchen, und reichten sich die Hände und setzten ihr freundlichstes Gesicht auf, um selbst dem bösen Blick zu entgehen, und lächelten auch zur Empore hin, wo Lily an der Orgel saß. *Gott, mach uns nicht länger dürsten! Wir bitten dich, erhöre uns!* Und mancher mochte schon zweifeln, ob Gott überhaupt ein Gehör besaß, und rief nur umso lauter *Wir bitten dich, erhöre uns!*

Lily glaubte längst nicht mehr, nicht dem Gekreuzigten, nicht Eloah, mochten die anderen ihren geheiligten Krempel unter Baldachin, Gebet und Gesang durch die Gassen tragen und das bekreuzigte Wasser, das doch kein Kräutlein mehr tränkte, in alle Windrichtungen versprengen. *Mach die Felder fruchtbar und halte die Rebstöcke gesund! Wir bitten dich, erhöre uns!* Sie konnte keinen verehren, der es zugelassen hatte, dass man ihr die Fingernägel ausriss, einen nach dem anderen. *Gib uns die Kraft, die Knechtschaft durchzustehen und unseren Feinden zu vergeben! Wir bitten dich, erhöre uns!* Nicht allmächtig noch gut konnte einer sein, der tatenlos zusah, wo nicht einmal der grausamste Mensch tatenlos geblieben wäre. *Mach uns nicht länger hungern, nicht Tiere noch Kinder sterben! Wir bitten dich, erhöre uns!* Lily sah, wie das Blut aus ihren Nagelbetten trat und zwischen die Tasten der Orgel sickerte. Vielleicht war Gott nur ein Stümper. So könnte sie ihm immerhin verzeihen. *Gib den Männern Kraft, die Nöte zu bezwingen, dass sie nicht wieder von uns gehen, nach Tasmanien, Australien und dahin, wo der Pfeffer wächst … Denn die Männer fehlen uns, fehlen uns wie Seife.*

Wie die Frommen so beteten, lautstark und entrückt, flog auf einmal die Kirchentür auf, und eilig trat ein Besatzer ein und flüsterte einem der Seinen was zu. Die Nachricht ging von Mund zu Mund, die Flüsterpost, das Kinderspiel.

Der Letzte in der Reihe sprach es laut: *Wieder sind Waffen gestohlen!* Die Dörfler senkten sofort den Blick und beteten störrisch weiter. Die Landbesetzer aber brachen aus den Reihen und liefen auf den Dorfplatz hinaus, und bald vernahm man ein Feuergefecht, dann, plötzlich, war es still. Die Tiere im Stall, die Hunde in den Höfen, die Raben auf dem Feld, die Fliegen an den Wänden waren augenblicks erstarrt, selbst der Wind legte sich, und alle Wellen standen wie gefroren, und Manda, zwischen den Bänken, hielt im Spiel endlich ein.

Nur Malik rührte sich noch. Zitternd lag er im Staub. Klee, der neben ihm kniete, zerriss ihm das blutige Hemd. Zwei Landbesetzer kamen dazu. Den Blick abwechselnd auf den Verwundeten und himmelwärts gerichtet, fest im Glauben, dass die Seele aus dem Körper eines Sterbenden in Gestalt eines Schattenvogels entweicht. *Mamma mia!*, rief einer aus, und bat Klee um Vergebung. Der aber hob den Bruder auf, um ihn zum Hof zu bringen.

Leicht war Malik, fast wie hohl, bei aller Größe viel zu leicht, und still war er, und viel zu still, die Stille kaum zu ertragen. Klee kam wieder in den Sinn, wie Malik still geworden war, in jenem verfluchten Sommer, als er das tote Maultier fand, das brave, treue Tier, auf dem er so glücklich geritten war, wenn sie gemeinsam in die Felder gingen, um Vogelscheuchen instand zu setzen und nach den Bäumchen des Vaters zu sehen oder Zäune zu flicken. Und die scharfe Ermahnung dann, *Halt's Maul und sei ein Mann!*, weil ja das Leben voll Zukunft war und die Liebe nichts als leise Ahnung, übertönt von den Mühen des Alltags und dem Rappeln des noch unverletzten Herzens. Doch welche Reue jetzt! Klee lief so schnell er konnte, brach in ein tränenloses Schluchzen aus und ging dabei in die Knie, den

Sterbenden im Arm. Die Worte, die er jetzt zu ihm sprach, glaubte er selber nicht – *Alles wird gut, alles wird gut!*, immer und immer wieder.

Mit Mühe erreichte er den Hof. Schon kam der Doktor gerannt, im besten Festtagsrock. Klee hielt Maliks Kopf auf dem Schoß. Der Bruder atmete schwer. In stummer Eile versammelten sich die mitten im Gottesdienst aufgescheuchten, schöngewandeten Angehörigen und Nachbarn um den Schwerverletzten, betend, dass er am Leben bleibe, so oder so am Leben. Nur Lily, die neben Ida stand, richtete nichts an Gott. Blass und hilflos stand sie da, Tränen in den Augen, und so, als erlebte sie alles an sich, was der liebe Freund jetzt litt. Mit letzter Kraft hob Malik den Kopf. Dann begann er zu schwitzen, ein Zittern ging durch seinen Körper, Blut quoll ihm aus dem Mund, und seine Finger lösten sich aus der Hand des Bruders.

Der Doktor nickte. Ein Weinen hob an.

Klee gelang das Weinen nicht. Er sah nur still zur Mutter auf, die wie versteinert zwischen dem Vater und Jelka stand, und dachte nicht länger an die eigene Trauer, dachte nur an den Mutterschmerz und daran, wie Jelka einst summte und sang, ihr Heulen zu überstimmen. Und wie dann alles still war – so wie jetzt. Aber dann: jener erste dünne Schrei und *Er lebt! Er lebt!*

Er drückte sein Ohr auf Maliks Brust. Still war die, während in der seinen etwas raste.

Als sich die Trauernden anderntags nach der Totenmesse auf dem Friedhof versammelten, sprach der Pfaffe zur offenen Gruft *Rette mich, o Herr, vor dem ewigen Tod, an jenem Tage des Schreckens, da Himmel und Erde wanken, da Du kommst, die Welt durch Feuer zu richten, denn die Rechenschaft naht und der drohende Zorn, o jener Tag des Zorns, o Tag, so groß und so bitter, da Du kommst, die Welt durch Feuer zu richten, Herr, gib ihnen ewige Ruhe, und das ewige Licht …* während sich welche anschickten, den Sarg in die Gruft zu senken. Die Öffnung aber war so schmal, dass man den Sarg fußüber hinablassen musste, oder kopfüber, wer wusste das. Schon hörte man einen dumpfen Aufprall, dass die Klageweiber für Augenblicke verstummten, ehe sie sich beeilten, das Entsetzen durch noch lauteres Geheul zu überspielen. Die Kinder aber kicherten und pusteten dabei wie unabsichtlich ihre Kerzen aus und gingen den Messdiener jedes Mal um neues Feuer an.

Dann kam wieder einer gerannt. Außer Atem kam er an und flüsterte Klee ins Ohr, Boote habe man gesehen, hundert Boote oder mehr. Klee warf den Gefährten einen Blick zu, dass sie ihm folgen sollen. Doch als sie sich entfernten, wurden die Trauernden ängstlich, und einer nach dem anderen brach auf, bis nur noch der Pfaffe und der Messdiener am Rand der Grube standen. Hals über Kopf liefen die Dörfler in die Haine und Felder, denn sie hatten die Landung gesehen, Dutzende fremde Boote.

Die Fremdlinge aber zogen durchs Dorf und über die Hügel weiter. Die Dorfleute blieben verwundert und kehrten in ihre Häuser zurück und dachten bald nicht mehr darüber nach, was das zu bedeuten hätte. Sie waren des Nachdenkens müde, und immer schneller gelang es ihnen, nach jedem Schrecken in den Trott ihres armen Daseins zurückzufinden.

*

Am zehnten Tag war der Schrecken fast vergessen. Ein Sonntagmorgen war es und die Luft schon heiß, der Ort wie ausgestorben. Nur die Gott nicht beim Namen riefen, blieben der Anbetung fern. Und, natürlich, der Auskundschafter, der auf Geheiß des Pfaffen in den Hinterhöfen und Gärten während der Predigtzeiten sich umzusehen hatte, ob sich dort ein Liebespaar vor der Andacht drückte. Und noch eine fehlte, weil der Pfaffe ihr den Einlass verwehrte seit dem unseligen Tag, an dem sie während des Gottesdienstes einfach zum Tier geworden war.

In der Kirche herrschte ein Gedränge. Der Duft von Wachs und Weihrauch weitete die Gemüter. Endlich nahm der Kirchenchor vor dem Hauptaltar Aufstellung. Notenblätter raschelten, dann und wann ein Räuspern oder Flüstern, einzelne verirrte Orgeltöne, bis der Chorleiter aus der Kniebankreihe trat und Lily auf ein Zeichen die ersten Takte anstimmte – und am Ende des Dorfes begann das Feuer, und der Wind stieß ins Feuer und dann aus hundert Kehlen *Ave, ave,* und die Chormädchen in der vorderen Reihe drängelten und schubsten, und manche bewegten nur die Lippen und manche wurden gestoßen und manche stießen selbst, dass es nur die Mütter nicht bemerkten, und die Stoßenden lächelten und die Gestoßenen schauten betreten und *Heil, o wahrer Leib, der wahrhaft litt / Sei uns Vorgeschmack in der Prüfung des Todes!,* und am Ende des Dorfes streute sich die Glut über die Wiesen aus.

Hätte doch nur irgendwer die einäugige Manda bemerkt, die vor der Kirche kauernd stumm auf die Rauchsäule überm Hof des Darovan zeigte, unfähig, gegen die Ausschließung zu handeln, in Sorge, vor Gott und seinem Lakai in ewige Ungunst zu fallen, wenn sie die Betenden ein weiteres Mal störte. Aber wer hätte sie bemerken sollen, wo alles wie von Sinnen sang und betete und man die letzten Münzen zückte und manches Mal den letzten Knopf, weil der Messdiener den samtenen Beutel am langen Stab entschlossen durch die Reihen reichte, ihn auch dem Letzten und Ärmsten noch fordernd unter die Nase hielt und ein Frater das Weihrauchfass schwenkte, dass die Benebelten freigiebig würden – und es brannten der Stall und die Erde und jeder Halm darauf, und wieder *Ave, ave,* während vor dem Kirchentor Manda ihr Püppchen entzweiriss.

Als die Orgeltöne mitten im Lied unverhofft verstummt waren, drehten sich die Köpfe nach der Galerie. Ungeduldig sah alles auf. Lily war nicht mehr da. Einer dunklen Ahnung folgend, hatte sie sich aufgemacht, sah den Qualm aus den Fensterhöhlen, erriet gleich, was das hieß. Aufgeschreckt von ihrem Ruf, den er mehr durch einen inneren Sinn als mit den Ohren vernahm, lief auch Klee zum Unglücksort, sah das Züngeln, die Vernichtung, und Lily, die da stampfte und rief, den Esel aus dem Stall zu locken, aber das immer störrische Tier, von immer höheren Flammen umkreist, brüllte und rührte sich nicht. Schon wollte sie Anlauf nehmen, den Feuerkranz im Sprung zu überwinden. Da packte Klee sie fest am Arm, hielt sie, bis der Übermut sich legte, und nur noch das Brüllen des sterbenden Tiers und das gefräßige Knistern des Feuers, wenn es wieder einen Ast erfasste. Näher als je war ihm Lily da, fest in seinem Griff, so ermahnte er sich wieder, in ihr nicht die Frau zu sehen, nur den lieben Freund. Und weil ihm der Geist nicht gehorchte, stieß er sie sogleich von sich, *Geh! Du verbrennst dir die Sohlen!* Sie aber blickte ihn trotzig an und sah auch Ida trotzig an, die hinzugekommen war. Dann hinkte sie wortlos fort.

Klee blieb neben Ida zurück und stand doch wie allein. Er sah die Flammen alles verschlingen, wusste nichts dagegen zu tun. Ida war ihm kein Trost. Lily unwiederbringlich. Er spürte den Drang, ihr nachzulaufen, aber er kam nicht vom Fleck. Der Schlag mochte ihn treffen oder ein Blitz! Er wollte sie wenigstens rufen, aber sein Mund blieb stumm. Erst das Unbehagen, als er die anderen Arme spürte, löste ihn aus der Betäubung. War sie nicht immer noch besser als nichts – die freundliche Umschlingung, die Barmherzigkeit der Frau? Und trieb nicht aus mancher Liebelei schon etwas Größeres aus? Klee ermahnte sich, küsste die Frau. Er schämte sich für den Gedanken, Gott möge Lily vor der Zeit zu sich nehmen, damit sein Leben nicht aus den Fugen gerate. Dann beruhigte er sich gleich – warum sollte Gott ihn diesmal erhören?

Wieder setzt es ein, das alte Lied, im Takt des Ventilators. Klee sieht sich an der offenen Gruft, neben dem Sarg des Bruders, die Lippen zum Gebet bewegt, obwohl er Gott nicht mehr traut. Und seltsam, denn er sieht sich als Kind, sieht auch die älteren Brüder da stehen. Den Pfaffen hört er beten. *Rette mich, o Herr, vor dem ewigen Tod, an jenem Tage des Schreckens, da Himmel und Erde wanken, da Du kommst, die Welt durch Feuer zu richten, denn die Rechenschaft naht und der drohende Zorn, o jener Tag des Zorns, o Tag, so groß und so bitter, da Du kommst, die Welt durch Feuer zu richten,* und die Landbesetzer zücken die Fackeln, und ein Dorf nach dem anderen brennt, Haus um Haus, Stall um Stall, und Menschen laufen um ihr Leben und wissen nicht, wohin. *Ihr hättet klein beigeben können. Was hättet ihr uns erspart!* Er sieht sich mit den Seinen, *O Herr, vor dem ewigen Tod,* sie satteln die Esel und schnüren die Schuhe und schultern die Gewehre.

Als Lily die kleine Einheit in der Dämmerung aufbrechen sah, war ihr Klee wieder gut. Furchtbar war es, bleiben zu müssen, ihn gefährdet zu wissen. Wo so ein Köpfchen keinen Ausgang sieht, stellt es sich gleich das Ende vor, bildet sich leicht etwas ein. Abermals fing sie jetzt an, Zwecke zu entwerfen. Nächstens würde sie zu ihm gehen, Brot zu bringen, Milch und Trost. Schnell war der Gedanke ausgeführt, durchstreifte sie Hügel und Wälder, irrte da im Dunkeln herum, durch Stachelpflanzen, auf spitzem Geröll, aber getragen von der Kraft einer frohen Erwartung. Im Feld wären sie sich endlich nah, jetzt, da um sie die Welt zerfiel. Und keimte nicht das größte Glück auf dem Boden der Not?

Knieweich stand sie dann vor Klee, lange ohne ein Wort, den Blick so scheu zum Boden hin, das Zarte und Milde erwartend. Er aber folgte dem anderen Sinn, tat wie einer in äußerster Not, dem Schliff und Scham nichts mehr gelten und der sich jede Blöße gäbe, um sich am Leben zu wissen. Was galt die Furcht gegen ein Begehren, das kein Schwachwerden war, wie die Ahnungslosen sagen, sondern ein Aufrichten? Drei sanfte Narrenworte noch, schon sank er ins Moos ihrer Achseln. Alles war beschlossen und allem Warten ein Ende, und Lily spürte die Welt in sich und alle Zinnen und Glockentürme von Kotor und Levante. Sie gruben sich ineinander, schlugen und verschlangen sich, waren endlich Mann und Frau – und die Tränen des Mannes fielen auf die Wangen der Frau, und Lily flog auf das Meer zu, das irgendwo in großen Fontänen an ein Felsenriff klatschte.

Danach nur das Knacken und Knistern der Glut. Und nach einer halben Ewigkeit das allgemeine Gestammel.

Schnell sagte Klee den Abschiedsgruß und *Wenn der Krieg gewonnen ist*, und sagte auch *Für immer* und *Bald* und andere brüchige Worte. Alles wollte er Lily versprechen, um sie zu beruhigen. Und alles wollte Lily ihm glauben. Er hat ihr etwas geschenkt. Sie hat es gleich versteckt. Vielleicht eine gute Tugend: wie das Kind mit der Ammenmilch manche Eigenart aufnimmt.

War sie die Siegerin? War sie besiegt? Zu denken blieb keine Zeit. In manchen Häusern gloste es noch. Man schlug den Feind in die Flucht.

*

Der November kam, die beginnende Kühle. Die Menschen setzten wieder instand, was instand zu setzen war. Sie entfernten Trümmer, begannen neue Häuser zu bauen, oder kamen wie der alte Darovan und seine Frau einstweilen bei Verwandten unter. Das Leben nahm seinen alten Lauf, manches ging wie gewohnt. Klee, auf ein reines Gewissen erpicht, gab sich an die Vernunft. Und wie die Erschöpften, vor große Lebensfragen gestellt, den Verstand für den besseren Ratgeber halten, begann er, was ihm das Herz befahl, als Schwäche zu bereuen. Lily war zu jung. Lily stand ihm nicht zu. Auch würde sie alsbald vergessen, was er versprochen hatte. Wieder begann er zu hoffen, sie durch Ablenkung und Entsagung aus seinem Kopf zu bringen, denn dass sie von selbst daraus verschwände, war nicht zu erwarten. Mit allen guten Absichten neigte er sich Ida zu, gewann sie bald ganz lieb. Hand in Hand jetzt jeder Weg, und alle paar Schritte das Liebeschwören, wie man es von anderen kennt und vom Spötteln der Mägde. Ida zog ihn, schob ihn an. Ihr schallendes Lachen beim kleinsten Scherz zügelte seine Angst. Manchmal kniete er vor sie hin, den Kopf an ihren Schoß gelehnt, der das Süßeste versprach, Zuflucht vor jedem denkbaren Feind. Stolz war er, ein Mädchen zu besitzen. Und stolz auf den Neid der anderen. Den forderte er mit Lust heraus, küsste Ida sogar in der Kirche, dass sich ein Frömmler erregte, den er sogleich als Frömmler beschimpfte, um Eindruck zu machen vor seiner Braut.

Lily aber wusste nichts, wie man nichts weiß, wenn man nichts wissen will, um nur die Welt in Ordnung zu sehen. Sie saß zu Haus und ging nicht mehr aus und dachte wohl, dass er komme. Im Wahn der Besessenen glaubte sie, einem günstigen Schicksal durch Geduld behilflich sein zu können, ließ über Nacht das Licht an, Klee vielleicht so anzulocken. Näherten sich Schritte dem Haus, horchte sie, ob er es sei – doch jedes Mal war er es nicht. So wartete sie Tag und Nacht und kam an den Rand der Verzweiflung.

In dieser Verfassung entschloss sie sich, selbst zu ihm zu gehen, und redete sich ein, dass, was aus aufrechter Liebe geschehe, niemals etwas Schlechtes sei, nicht einmal im Geringsten schlecht, weil es einen wohl erhebe, sich aus Liebe zu verbeugen, mochten es die Ahnungslosen ruhig als Erniedrigung nehmen.

Mit solchen Gedanken ging sie los.

Es war der Weihnachtstag, zu essen gab es kaum. Doch würde der gute Vater, vom Fischer für die Linderung eines Fiebers mit einem Eimer voll Sardinen entlohnt, ein paar Fische nicht vermissen. Frierend kam sie damit zum Haus, wo Klee seit dem Feuer einquartiert war, trat nach zaghaftem Klopfen ein, rief nach den Hausherren, wartete kurz, blieb aber ohne Antwort. Schon wollte sie umkehren, da hörte sie es. Bestimmt ein menschlicher Laut. War es ein Wimmern oder ein Seufzen, das vom oberen Stockwerk kam? Sie schlich hinauf, um nachzusehen, dem Unglücklichen beizustehen oder Hilfe zu leisten. Doch als sie durch den Türspalt sah, schreckte sie sofort zurück, hetzte die steilen Stufen hinunter, stürzte aus dem Haus. Zwei linke Beine, so gut wie, liefen schneller als je, trugen sie die Straße entlang, ohne irgendein Ziel, vorbei sogar am Vaterhaus, weil selbst das eingesessene Loch keine Zuflucht mehr versprach, wie nirgendwo mehr Zuflucht war, nicht vor jenem Anblick. Als hoffte sie darauf, das Bild auf diese Weise abzuhängen, lief sie jetzt quer über den Marktplatz und mitten durch die kleine Schar, die sich nach dem Gottesdienst vor der Kirche eingefunden hatte. Die Leute, noch eingelullt von Weihrauch und Gebet, stockten und bekreuzigten sich, und einige mahnten zur Vorsicht, aber dafür war es zu spät, der Sturz schon unvermeidlich. Fünf Sardinen glitschten im Fallen aus dem kleinen Stanitzel, flogen in weitem Bogen nach allen Richtungen. Und wie sie im Staub der Straße lagen, so wie Lily reglos lagen, kamen die armen Kinder gerannt, griffen schnell nach den Fischen und eilten davon. Eins von ihnen hockte sich hin, verschlang die Beute roh, selbst die Flossen und den Kopf, dass nichts übrig blieb.

Keinen gab es, der Lily in die Nacht folgte, und nichts war mächtig über sie als das Bild durch den Türspalt. Es kamen neue Männer. Es kam der neue Kampf. Es kam ihr alles recht, wie den Lebensmüden jede Entsprechung ihres inneren Dunkels behaglich ist. Jedes Lichtlein blendete sie. Auf Blumen wollte sie spucken. Nur beim Totenglockengeläut spürte sie noch eine Regung, klitzeklein und ungenau, weil etwas in ihr gestorben war, das sie den Verlust zuvor noch lebhaft hatte erfahren lassen.

*

Die neuen Männer trugen Schwarz, ihr Schritt war hart, ihr Atem kalt. Ihr Zeichen war der Totenkopf auf Helm und Mantelkragen. In einem fort donnerten ihre Stiefel durch die Straßen und Gassen. Sie drangen in die Häuser ein, plünderten, zerstörten, schlugen die Alten, nahmen die Frauen, nichts und niemand war sicher. Ein paarmal schossen sie zum Zeitvertreib in Weinfässer und Bienenstöcke, steckten sich die noch unreifen Ölfrüchte in den Mund und spuckten um die Wette. Wer sich ihnen in den Weg stellte, verschwand – beim bloßen Verdacht schon kurzer Prozess und manchmal ohne Verdacht. Die alte stammelnde Mara wurde von der Arbeit auf dem Feld unter den Schlägen der Wachmänner und dem Kreischen und Heulen der anderen Mägde abgeführt, nur weil sie einem der Totenköpfe zwei faule Feigen verkauft haben soll. Wenige Tage später wurden Sprengfallen ausgelegt, dass sich die Bauern nicht mehr trauten, ihre Felder zu betreten.

Wieder rief Klee zu den Waffen. Wieder der Aufbruch mit nichts als dem, was Mensch und Tier tragen konnten. Am schwersten wog die Angst um die Lieben, die man nun zurücklassen musste, ständig bedroht von der Rache des Feinds. Wer noch bei Kräften und gut zu Fuß war, schloss sich der Einheit an, auch wer zuvor noch misstrauisch war, auch drei Frater und zwei Nonnen, und Salahuddin, der Schinder, und Usama, der Amerikaner, der seinen Beinamen nur erhalten hatte, weil er einmal um ein Haar nach Amerika gereist wäre.

Die Totenköpfe im Dorf holten zum Gegenschlag aus. Alles taten sie auf Befehl des Ortskommandanten, eines jungen, fetten Kerls. Wenn ein Kind nur *Da ist er* rief, suchten alle das Weite. Die Schergen aber fühlten nichts nach, knallten die Hacken und brüllten *Jawohl,* dass man Gänsehaut kriegte.

In der Mitte des Dorfplatzes errichteten sie einen Galgen. Eines Morgens hing eine Kinderschaukel am Querbalken. Dann eine tote Katze. Und irgendwann Stammel-Viktor. Niemand wusste, warum, keiner der Seinen war im Feld. Vielleicht weil er die Schaukel benutzt und dabei blöde gekichert hatte. Vielleicht weil er zahnlos und bucklig war. Oder einfach so. Der Strick war kurz, der Galgen tief, der Kopf ganz nah am Holz. Die nackten Füße ungewaschen, kniehoch überm Boden. So wehte sein Körper acht Tage im Wind, am dritten ein Schild aus Karton auf der Brust: *Ich habe Brot gestohlen.* Dabei gab es längst kein Brot mehr, das einer hätte stehlen können. Die Geschäfte standen leer, und wenn sie doch einmal öffneten und die Menschen um das Wenige anstanden, kamen die Totenkopfmänner, überholten rempelnd die Wartenden und rafften alles an sich. Was sie nicht selbst vertilgten, boten sie teuer feil. Auch was sie bei ihren Plünderungen erbeutet hatten. Manche Dörfler sah man auf dem Marktplatz um den eigenen Kram noch feilschen. Andere gewährten der Turekbäuerin Einlass, die mit Mais und Milch hausierte. Unverfroren trat sie ein, durchsuchte die Zimmer mit schlauem Blick nach Tüchern, Hausrat und Schmuck.

Nichts gab es mehr zu freuen. Ida, die in Hoffnung war, trug es als Geheimnis. Lily aber stand am Fenster, sah die Wolken ziehen. Kalt war es, auch drinnen kalt, schweigend die Eltern bei Tisch. Nachts heulte der Wind, kreuzte etwas Großes überm Dorf, dröhnte, dass die Scheiben klirrten. Ein Tier wird es gewesen sein – es suchte, spähte, nahm Witterung auf, entfernte sich, kam wieder. Ein großer, schwarzer Vogel, bestimmt. Irgendwo da war sein Nest. Irgendwas hat ihn aufgestört, gegen das Dorf aufgebracht. Man hörte, aber sah ihn nicht. Jeder blieb furchtsam im Haus.

Auf dem Marktplatz lag tagelang das tote Maultier. Keiner sorgte sich darum, der Schinder war im Feld. Kein Geräusch drang mehr von den Straßen, keine Kirchenglocken seit Wochen. Nur dann und wann ein Donnergrollen, Fensterscheibenbersten. Dann die Nachricht: Rettung naht.

Das Schiff kam über Nacht. An einem Morgen lag es im Hafen, wie ein Trugbild, leuchtend weiß. Eine Arche des Lichts! Die Angehörigen der Kämpfer machten sich zur Mole auf, doch fanden sich auch andere dort ein, Schaulustige und solche, die hofften, durch ein Tauschgeschäft oder eine List einen Fahrschein zu erhandeln. Ida brachte es fertig, als eine der Ersten an Bord zu gehen – sie brauchte sich nur vor den Ordner zu stellen und den Mantel aufzureißen, wie es der hinkende Messnersohn tat, wenn ein Mädchen seinen Weg kreuzte. Was dahinter? Ein Blinder sah's! Selbst Lily, die das Treiben aus einiger Entfernung beobachtete, reimte sich alles zusammen, sah sich wieder in Klees Haus, schlich nun wieder die Stufen hinauf, blickte wieder durch den Türspalt, wich dabei nicht mehr zurück. Etwas Schonendes in ihrer Seele ließ sie trotzig aufrecht stehen, wenngleich der Vogel in ihrem Brustkorb völlig außer Rand und Band gegen das Gitter anflog, dass ihr die Knie weich wurden, der Kopf aber hellwach für alles ringsum. Lily lächelte. Und so, wie es die Narren tun. Sie sah die Turekbäuerin, die über das einfache Holzbrett schritt, dem Ordner etwas in die Hand drückte und, noch ehe er es besah, im Inneren des Schiffs verschwand. Dabei fiel ihr ein, wie die Mutter dem Vater wiederholt zugeredet hatte, den Freibrief gleich zu nutzen, sich einzuschiffen, fortzugehen, weil auch sie in großer Gefahr, gerade sie in größter Gefahr, und *Denk doch an mich!* und *Denk an das Kind!* Und wie der Vater dagegenhielt, dass er als Arzt verpflichtet sei, keinen im Stich zu lassen. *Geh du mit Lily,* hat er gesagt, da beschloss sie, zu bleiben.

Als zwei Matrosen die Taue von den Pollern losbanden und sie klatschend ins unruhige Meer warfen, gerieten manche, denen trotz Bitten und Flehen kein Fluchtplatz zugefallen war, in wilde Verzweiflung. Eine junge Mutter drückte einer Frau auf dem Schiff noch schnell ihren Säugling in den Arm, ein Greis sank betend auf die Knie, ein Frater begann zu toben, und die Fischersfrau raufte sich heulend das Haar und riss an ihrem Oberkleid, wie sie es bei Begräbnissen tat, wenn nur das Trinkgeld stimmte. In das Schreien und Flennen mengte sich das Aufheulen der Motoren. Als das Schiff endlich ablegte, sprangen drei verzweifelte Frauen, unter ihnen die junge Mutter, von der Mole ins eiskalte Meer. Als sie das Schiff erreichten, schlug man mit schweren Rudern auf ihre Köpfe ein, die wie Bojen auf dem Wasser tanzten. Nur eine blieb über Wasser, doch als sie wieder ans Ufer kam, zitternd und entkräftet, blieb die Fischersfrau allein. Keiner spendete Trost.

Lily blieb eine Zeitlang stehen, sah das Schiff sich entfernen. Dann nahm sie ihr Fahrrad und schob es fort, um zu Jelka zu gehen. Vor der Standortkommandantur stand breitbeinig der Feldherr, stellte sich ihr in den Weg, riss ihr das Fahrrad aus der Hand, saß auf und fuhr ein kleines Stück. Eine Kurve drehte er, dann kehrte er grinsend zu Lily zurück, stieg ab und warf das Rad vor sie hin. Krachend und klingelnd schlug es auf und tönte so noch lange, und Lily sah die Räder sich drehen, das hörte gar nicht mehr auf. Es gab eine Zeit, die ging nicht so schnell, da glaubte sie sich unsterblich – die Verletzlichkeit der Kindheit lag weit, die des Alters auch. Es gab eine Zeit, da forderte sie den Tod heraus, um sich lebendig zu wissen. Es gab eine unermessliche Zeit, da alles einerlei war. Der Wert des Lebens steht nicht fest, zur Notzeit kriegt man's geschenkt. Lily war so weit. Sie hob das Fahrrad auf, blitzte den Feldherren böse an, spuckte ihm vor die Füße, ballte die rechte Hand zur Faust und rief, dass alle im Dorf es hörten, *Freiheit dem Volk, du elendes Schwein!* Dann ging sie weiter, zu Jelkas Haus, man sah sie darin verschwinden. Und in der zarten Mädchenbrust schlug ein heldisches Herz.

Denkbar, dass da, wo sie hingespuckt hatte, bald die erste Alraune wuchs. Sicher ist: Am nächsten Tag brannte die Orgel.

*

Daleko ist weit. Jetzt liegt er wie ein Besiegter. Von wem? Wovon? Wir werden sehen. Er hört ein Poltern vom Gang. Er atmet Staub und Angst.

Eines Morgens traf er den Feind. Aus dem Nichts kam der gerannt, stürzte geradewegs auf ihn zu. Beide zielten. Einer traf. Etwas Schweres flog durch die Luft, ein Regen von Blut und Geröll. Wild schoss Klee um sich, taumelte, stürzte, fuhr Leo an, sich nicht um ihn zu sorgen, schnell in Deckung zu gehen. Dann spürte er eine seltsame Kraft, und über ihm wuchs ein Himmel aus Licht von roten und gelben Sternen. Warm und flimmernd umfloss ihn die Luft, ein Flammenmeer das Gras zu seinen Füßen. Jeder Schritt war ein Schweben. Jemand kam jetzt auf ihn zu – gleich das liebe Gesicht erkannt, und den lieben Namen. Lilys Mahnruf durchzuckte ihn. Mit einem Schlag schlüpfte er in den verwundeten Körper, der vor ihm auf dem Boden lag, wand sich in bohrendem Schmerz, schleppte sich ins nahe Gebüsch. Das andere weiß er vom Hörensagen.

Kameraden fanden ihn, legten ihn auf die Ladefläche eines Pritschenwagens. Wohin es ging? Wer weiß. Der Wagen rumpelte über die Schotterstraße. In einer steilen Kehre rutschte der Körper von der Ladefläche. Keiner hat es bemerkt. Der Wagen entfernte sich, das Dröhnen des Motors verebbte. Stunden später fanden ihn Feldarbeiter, glaubten ihn tot, schleiften ihn vom Straßenrand, merkten endlich ein Lebenszeichen, brachten ihn ins Feldlazarett. Der Arzt band Mull um den Stiel eines Regenschirms, goss noch ordentlich Schnaps darauf, führte den Schirm unter der rechten Achsel in den Schusskanal ein, stocherte tiefer und tiefer. Immer wieder erwachte Klee für Sekunden aus der Bewusstlosigkeit, ein Wechselspiel von Schmerz und Traum, ein leises Delirieren, Da sah er Lily am Brunnen stehen – nie mehr bliebe der trocken! –, und wie sie den Eimer nach Hause trug und die Fischschuppe auf ihrem Unterarm schimmerte. *Wenn der Krieg gewonnen ist,* hörte er sich sagen, sank ins windgebürstete Gras, fühlte den nahen Tod.

Was Klee nicht wissen konnte: Der Tod war zu beschäftigt, sich seiner zu entsinnen.

Lily kam zum Marktplatz, gerade als der Totenkopfmann Manda den Strick anlegte. Die Ärmste begann zu murmeln und machte sich dabei nass. *Ich bin bei Gott, Ich bin bei Gott,* seit langem ein vernünftiger Satz, auch wenn er gar nicht stimmte. Der Henker trat den Schemel weg, auf dem die Gottverlassene stand. Strampelnd fiel sie, schlug baumelnd um sich, dann straffte sich das Seil und schwang noch lange nach, während sich der Mann mit dem Totenkopf am Kragenspiegel ein paar Schritte entfernte und sich eine Zigarette anzündete. Als er Lily bemerkte, grinste er sie an. *Grüß gefälligst, Hinkebein, sonst geht es dir bald wie der Irren!* Sie aber fing nur zu summen an und summte immer lauter, das Lied der Tapferen vom Amur, wie der furchtsame Vogel sein schönstes Lied singt, und nach und nach stimmten die umstehenden Dörfler ein, sogar der Turek und der Pfaffe. Da lief der Totenkopf feuerrot an und schlug Lily ins Gesicht, und als sie nicht mit der Wimper zuckte, aber kräftig zurückschlug, stürzte sich ein Wachmann auf sie und zerrte sie hastig vom Platz. Im Fortstolpern zog Lily den Zeigefinger quer über den Hals, die anderen zu warnen, und rief noch drei Mal *Freiheit dem Volk!* Der Henker aber, schnaubend vor Wut, trat auf die kleine Marica zu, die jetzt stumm wie die anderen stand, und grinste böse und herrschte sie an, *Was ist denn nun, kleines Fräulein? Sing!* Und weil sie immer noch nicht sang, *Sing gefälligst, verflucht!* Da hob sie wieder zu singen an, und *Lauter!*, schrie der Todesknecht, und *Dass es nur alle hören!*, und *Hat da wer falsch gesungen? Ha?* Als sich ihm die Kleine daraufhin zitternd und weinend zu Füßen warf, trat er mit seinen Stiefeln nach ihr und hob sie am Ohr wieder auf – *Sing gefälligst, hab ich gesagt, sonst knall ich euch alle ab!* Blass vor Schreck trat der Turek vor und ging den Henker demütig an, *Die Kleine hat nichts getan!* Honigsüß tat der Henker da. *Was hast du gesagt, mein Freund?* Er sah dem Turek ins Gesicht, und der Alte fasste Vertrauen, wie jeder morsche Strohhalm immerhin ein Strohhalm ist, und die kleine Marica strich sich den Kittel und lächelte, denn der Henker lächelte auch, *Guter Mann! Nichts getan!*, und strich dem Turek bei diesen Worten beinah zärtlich das Haar aus der Stirn. Dann aber, immer noch lächelnd, holte er mit seinem Gewehr aus und hieb es dem Turek ins Gesicht, dass er zu Boden ging. Und als der Doktor daherkam, den Henker um Gnade zu bitten, riss der ihm die Brille von der Nase, *Ei, da ist unser Doktor Stern!*, setzte sich die Brille auf, bemerkte, dass sie für ihn nicht taugte, warf sie vor den Doktor hin, zertrat sie, als er sich danach bückte. Dann schoss er dem Doktor in die Stirn und fing lautstark zu heulen an.

Als die Stielspitze des Regenschirms endlich aus Klees linkem Oberarm ragte, war der Feldarzt zufrieden und hörte zu stochern auf. Doch war noch nichts überstanden. Von Fieberkrämpfen geschüttelt lag Klee tagelang auf einer Matte von brüchigem Stroh, meistens stumm und schläfrig, manchmal im Gespräch mit sich selbst. Wie kommt es, dass die Angst vor dem Tod schlimmer ist als das Sterben? Wie kommt es, dass das Schöne in der Erwartung köstlicher ist als in der Erfüllung? Wie würde Lily von seinem Tod erfahren? Würde sie dem Überbringer der Nachricht ins Gesicht schlagen mit dem Zorn in ihrem Blick, der sie noch schöner machte? Stünde sie näher an seinem Grab als die andere Frau? Ah, die andere, Ida! Käme sie jemals zurück?

Schier endlos tappte Klee im Halbdunkel des nur teilweise wiedererlangten Bewusstseins, tat immer öfter die Augen auf, wollte fort zu Lily. Jetzt, in Ohnmacht und Abwesenheit, hatte er das Gefühl einer neuen, quälenden Verbindung. Der Kampf war ihm unmöglich geworden, doch ließe sich mit der Kraft, die die neue Sehnsucht in ihm weckte, vielleicht sogar der Gang des Krieges lenken.

Als er zu einigen Kräften kam, verlangte er nach Papier. Ihr schreiben wollte er, ihr alles sagen, geradeheraus, nein, behutsam, damit der Brief den Zweck nicht verfehle, sich erkenntlich zeigen, erkennend, und alle zärtlichen Worte, die aufgehoben waren im Leugnen und Verschweigen, aber nichts von dem Wunsch, sie sich aus dem Kopf zu schlagen, sie lieber tot zu wissen als in den Armen eines anderen. Und nichts vom körperhaften Verlangen und nichts von den Wünschen, die ihm die Gedanken schnitten in den Stunden des Alleinseins.

Er verwarf die Briefe. Er machte sich auf den Weg.

V

Ein Augenblick von Ewigkeit

Manchem verdichtet sich das Leben in einer späten Rückschau zu dem einen einzigen Tag, und er wundert sich vielleicht, weil der Tag der Tage selbst aus früherer Sicht nicht der bedeutendste war, nicht reich an Handlung, nicht einer, an dem man Großes vollbrachte, eher etwas unterließ – ein Versäumnistag! Der Tag ist lange her. Doch unerheblich die Zwischenzeit, denn tief ist er ins Hirn geritzt, gegenwärtiger als das, was um einen herum geschieht.

Sie haben das Radio fortgeschafft. Klee fragt nicht nach dem Grund. Sie haben seine Brille versteckt. Es ist ihm sogar recht. Die Bilder sind ja längst im Kopf, deutlicher als das Sichtbare, auf das die müden Augen längst nicht mehr begierig sind. Er kann aus der Erinnerung schauen. Er braucht die Netzhäute nicht. Das Augenfällige scheint, es will, dass man ihm glaubt.

An die Verrichtungen des Tags hat man sich in strenger Reihenfolge und unter Aufsicht zu geben. Sonst nur das Dauern, der andere Trakt. Wo sind die Kassetten geblieben? Bestimmt hat sie das Kind. Hat er sie ihm nicht gegeben bei der letzten Begegnung? Er hieß es ja zum Kleiderschrank gehen, daraus die Schuhschachtel holen. Es brachte ihm die Schachtel ans Bett. Er öffnete sie, hielt sie ihm hin, *Für dich!*, hat er noch gesagt. Das Kind wird später erzählen. Bestimmt wird es erzählen, wie es, als seine Zeit gekommen war, einen Tag lang bei ihm saß, aus freien Stücken neben dem Bett, von dem er sich nicht mehr erhob. Bestimmt wird das Kind erzählen. Auch davon, dass es im Zweifel war, ob er den Abschied ahnte, denn um ihn, der das Sterben von Geburt gefürchtet habe, sei ein Leuchten gewesen, ein bodenloses Freuen sogar. Ja, so wird es erzählen. Er tunkt in einen seichten Traum, sieht die Kassettenspulen sich drehen, und das Feuer, da im Hof, und dann Lily und den Mann, und dann *Ave, ave!* Klee hält sich die Ohren zu, um nichts hören zu müssen. Dann reißt er schnell die Augen auf. Lily ist verschwunden.

An einem Nachmittag im Mai blieb die Zeit ihm einfach stehen, und kein Tag seither war ein Tag. Die Bilderfolge, schon erwähnt, blieb seit damals die gleiche: Lily und der Mann mit dem Totenkopf am Kragenspiegel, humpelnd, aber aufrecht, im Kreuz den Lauf des Gewehrs.

Tags zuvor war Klee zu Jelka gekommen, hatte sich mit letzter Kraft zu ihr geschleppt. Da lag er, bebend vom Fieber. Jelka wusch ihm die Wunden, legte ihm kalte Tücher auf, reichte ihm Anisschnaps. Die restliche Zeit des Tages verbrachte sie am Fenster, wie es ihr Gewohnheit geworden war, seit sie nicht mehr ausging. Später, an jenem Nachmittag, fuhr sie plötzlich zusammen und schrie, *Lily! Sie haben Lily!* Als Klee hinzutrat, sah er sie, Lily, und den Mann. *Vorwärts! Vorwärts!,* brüllte der, wenn ihre Schritte stockten. Klee vergaß sein Befinden, lief wie er war zur Tür hinaus, verstellte Lily den Weg. Atemlos, nur im Hemd stand er da, die Arme zuckend, sie nach ihr zu breiten, und zuckend auch sein Mund. Er glaubte Mitleid in ihrem Blick, aber dann war ihm gleich, als besähe sie nur, was sich in seinen Pupillen spiegelte, oder als suchte sie etwas darin, was ihr nicht mehr gehörte. Etwas wollte er sagen. Nur der Mund wusste nichts. Nicht ein Wort hat er gesagt. Lange keines mehr, und vielleicht noch nie eins, zu keinem. So einer ist den Schuss Pulver nicht wert. Warum dann aber jetzt der Knall, das Aufflattern der großen Vögel? Das Aufschrecken im letzten Augenblick, noch im Fallen. Zeitig? Nein! Er will den langen Atem, es dulden, ganz erleben. Da sein, wenn es so weit ist. Da ist ein Surren in seinem Ohr. Ein Stillstand ergreift ihn und breitet sich um ihn aus.

Wie wenn man gegen ein Trinkglas stößt, zusieht, wie es langsam kippt, einen ewigen Augenblick so in der Schräge bleibt, doch schneller als die Hand, die danach greift, wahrscheinlich sogar schneller als der Einfall, die Hand danach zu strecken. Die Zeit quillt auf und dehnt sich, schwappt nach allen Richtungen. Klee hört den Aufschlag voraus, hört das Glas schon bersten. Er weiß, er kommt zu spät. Eine Kamerafahrt um eine in der Zeit eingefrorene, längst abgefeuerte Pistolenkugel auf dem Weg zum Ziel, mitten im Flug erstarrt, in einem so flüchtigen Augenblick, dass er das Zeitmaß nicht kennt. Er kann um die Kugel herumgehen, sie von allen Seiten besehen, denn die Zeit ist angehalten, auch wenn er sie niemals aufhalten kann und die Kugel im nächsten Augenblick mit der üblichen Geschwindigkeit einschlagen wird.

Der letzte Augenblick ist ein Davor. Ihm folgt das Letztliche als ewiges Geheimnis.

VI

Die Abwesenden

Über das Meer

Die Ruhe reibt einen auf, die Seele liegt sich wund auf ihr. Es kommt die falsche Müdigkeit, die einen nicht in den Schlaf entlässt, und kein Erwachen je. Die Träume legen ab. Gefährlich ist die Fracht. Es nützt nicht mehr, die Augen aufzutun. Das Licht des Tags bricht seine Bilder nicht. Klee ist hellwach, die Augen aber zu. Mehrmals am Tag tastet er nach seinen Hoden, um zu sehen, ob sie noch da sind. *Hände auf die Decke!*, fährt ihn die Schwester an, dass es nur alle hören.

Die Schwester patrouilliert, gibt acht. Auf ihr Talent ist sie stolz. Sie will geliebt und bewundert sein, als barmherzige Fee durch den Krankensaal schreiten. Sie spitzt die kleinen Ohren. Ob einer sich herumwirft, spuckt, um Hilfe schreit? Die Bettnachbarn rühren sich nicht. Manche hört man atmen. Selten ein Husten, Keuchen. Keiner ruft – nicht in den Wald, nicht sonst wohin. Sie sagen *Der Mensch gewöhnt sich an alles*, sagen das schweigend, ganz zu sich selbst. Ungereimtes wird geläufig, traulich sogar früher oder später. Hat einer je ein Wort gesagt, es gründlich ausgesprochen? Nie ein Bekenntnis und nicht Gegenrede. Das Reden nur der Antwort wegen, denn jedes Wort fliegt auf, fliegt hoch und fort. Und selbst den kleinsten Worten wachsen Flügel. Man weiß nie, wo sie landen, wenn sie trauen. Wenn einer aufmuckt, dann ein Neuzugang. Die Neuzugänge nebenan. Die Zähmung wilder Tiere. Da wimmelt es von Augen. Da wird gemustert und gezwinkert. Man kann ihn hören, den Neuzugang. Manchmal braucht es Tage, bis das Kichern, Kreischen und Murmeln verstummt, bis einer sich da einlebt, wie es heißt. Manchmal die andere Stille, die Stille, die alles belauscht. Die Stille, in die alle

Fragen drängen. Da hört man nur den Flügelschlag der Krähen. Längst gibt es keine Kabel mehr, nicht Messer, Gabeln, Schnüre oder Leinen, nichts, was in Scherben bräche. Und keine Rasierklingen mehr, seit einer sich geschnitten hat. Es gibt nur noch den Gnadentod. Es gibt nur den Boden, die Betten, die Wand. Die Fenster dicht, die Tür hat keine Klinke. Geschlechtertrennung in den Krankenzimmern. Das Klo am Gang für alle, die wühlenden Nattern im Bauch. Das Pressen, um schnell fertig zu sein, bevor ein anderer kommt. Klee sieht sich Tonbänder scheißen. Er weiß jetzt um die Zeit. Jedes Kind weiß um die Zeit, misstraut zu Recht den Uhren. Uhren machen glauben, die Zeit verrinne im Takt, laufe immer gleich schnell, füge sich einer Form. Aber das alles stimmt nicht. Die Zeit kann stocken und galoppieren, an einen Punkt zurückkehren. Er streckt den Arm nach Lily aus, öffnet die Augen erst, als er ein paarmal ins Leere gegriffen hat. Kurz hofft er noch, der Traum sei wahr – und weiß es doch längst besser.

Im Stundentakt kommt die Schwester, kommt mit Blicken, Fragen, winkt dicht vor seinen Augen, verwischt ihm jedes Bild, *Hallo, hallo, ist da wer?*, bis wieder alles zu flimmern beginnt, das Flockenstieben am anderen Ort. War es ein Blütenstieben? Oder war es Schnee? Und war nicht alles ganz anders? Du kriegst schon noch dein Eselsohr! Die Irrenhäusler wissen es: Der Doktor ist ein Mörder. *Geben Sie dem was!*, sagt er zur Schwester oder *Helfen Sie dem!* Sie wollen Klee baden, bändigen, tun ihm das Leichenhemd an.

Klee fixiert den Ventilator. Sind es Kassettenspulen oder Wagenräder? Es dreht sich immer schneller, dann scheinbar rückwärts und so immer langsamer, bis das Rad zum Stillstand kommt. Die Kugel traf ihn mitten ins Herz. Sonst läge er bestimmt nicht hier. Und doch kommt ihm manches merkwürdig vor. Ist er nicht noch gerannt? Hat er nicht die Pistole geholt, wild um sich geschossen? Brennende Schiffe versanken im Meer, überall brennende Schiffe. Die Totenköpfe schossen sich in Schläfen und Münder oder rannten in die Felder, explodierten in Minen wie die Schafe und Ziegen, die sie mit Schreien und Schüssen hetzten. Die Esel und Maultiere knallten sie ab und ließen die Körper liegen. Die Übrigen beluden ihre Lastwagen, auch mit dem, was ihnen nicht gehörte, auch mit toten Kameraden, denen sie die Lider zudrückten oder die Augen aus dem Kopf schossen, denn wenn die Augen des Toten nicht geschlossen sind, fordert er einen Nächsten ins Grab.

Sie jagten die Dörfler in ihre Häuser und zündeten sie an. Dann nahmen sie Reißaus.

*

Lärm dringt durchs Fenster der Heilanstalt. Oder liegt er Klee im Ohr? Ein Zirpen, Rascheln, Donnergrollen. Alles wird wieder gut. Mach einen Reim auf dein Leben, ein Leben am Faden, der Faden ein Strang, der Strang die Nacht, die Nacht die Frau. Es schneit. Es glimmen die Balken.

Es war im November. Ein lauer Regen fiel. Die Kämpfer kehrten wieder zurück. Endlos das Glockenläuten. Die wenigen, die im Dorf und unversehrt geblieben waren, liefen auf die Straße, weinten, umarmten sich, berührten die Heimgekommenen, als trauten sie ihren Augen nicht mehr. Manch einer tanzte, sang. Fensterläden gingen auf. Der Kopf einer alten Frau überm Sims. Da war der Krieger auf dem weißen Pferd, der Klee vorzeiten begegnet war, ihm wie aus dem Gesicht geschnitten, und sie riefen ihn *Klee!* Aufrecht saß der im Sattel. Dorfleute traten auf ihn zu, fragten nach dem Verbleib derer, die nicht unter den Zurückgekehrten waren. Klee wusste keine Antwort, und wenn er sie wusste, blieb er stumm.

Müde sah er sich um. Alles lag zerstört, was fleißige Hände erschaffen hatten. Die Olivenhaine verwildert, die Felder verödet, zwölf Häuser völlig abgebrannt – auch das Haus des Doktor Stern, nur noch hohle Mauern. Die Stallungen standen leer. Kein Blöken mehr, kein Gackern oder Krähen. Und nicht mehr das Bimmeln der Maultierschellen. Nur ab und zu das Lachen der Möwen, das anders klang als vor Tagen. Oder waren es Jahre? Wie lange war er fort?

Klee stieg vom Pferd, trat aus der Menge, entfernte sich immer mehr. Der Boden schmerzte bei jedem Schritt, schien ihm wie eine dünne Schicht Eis, durch die er jederzeit brechen konnte. Er kam zum Feld des Vaters. Wo der Vater jetzt war? Wie prall die Ölfrüchte hingen, und frisch die Wunden an den Rinden, die Lily einmal damit erklärte, dass sich der Teufel nachts daran die Krallen schärfe. Er sah zwei Echsen auf nacktem Stein, und weiter weg die heiligen Zypressen und das Feld, das sich über den Hügel streckte, die schöne Reihe der Güter. Und dort: der Steinhaufen, wo das Maultier begraben lag. Nichts davon rührte ihn mehr. Wo er einst die Farben sah, schlich er jetzt wie ein Blinder. Was er fand, war schaurig fremd, war nicht der südliche Garten von einst. Er konnte ihn nicht mehr schauen mit seinem leeren Herzen, wusste nur aus ferner Erinnerung, dass ihm dies zu eigen war und dass die Feldwege früher einmal himmelwärts verliefen. Nun, da keine Liebe sie schönte, waren sie nichts als Strecken, Ortsverbindungen, die nichts verbanden. Das Land war nur noch Landschaft, wie eine Schöne, die man bisher nur fröhlich kannte und nun zum ersten Mal in Trauer sah. Er schlug die Hände vors Gesicht, sank in die Knie und schluchzte – und augenblicklich die Worte im Ohr *Halt's Maul und sei ein Mann!*

Da stand er auf und lachte sich aus und lachte jetzt sehr laut.

Acht Tage nach Klees Heimkehr kam das Schiff zurück. Das ganze Dorf hatte sich am Hafen versammelt, als es endlich anlegte. Jeder im dichten Gedränge hoffte, dass gleich einer der Seinen über die Landungsbrücke komme, und jeder versuchte, in den Gesichtern der ersten Ankömmlinge zu lesen, ob sich die Hoffnung lohne. Klee, inmitten der Wartenden, schaute gespannt nach weißgottwem aus, sah die greise Turekbäuerin die Stufen heruntersteigen, ertappte sich beim Gedanken, dass, wenn das Leben nur halbwegs gerecht wäre, auch die Brüder gleich auftauchen müssten, sah sie schon alle drei, Darovan, Kuruš, Malik, sah auch Lily da stehen. Rasch ermahnte er sich, dem Trug nicht weiter anzuhängen. Ein Raunen ging durch die Menge. Dann, inmitten der anderen, erblickte er Mutter und Vater, schwächlich, aber unversehrt gingen sie an Land. Wie Klee die Mutter umarmte und nicht mehr loslassen mochte, sah er Ida am Schiffsausgang, ein winziges Kind im Arm.

Alle kamen über das Meer, die Lebenden und die Toten, Flüchtlinge und Soldaten. Die Flut spülte immer mehr Körper an. Binnen kurzem waren die Gruften überfüllt. Die Löcher, von den Dörflern eilig in die steinige Erde geschlagen, oft nicht tief genug, wurden nachts von Tieren ausgegraben. Man hielt die Kinder dazu an, die Hunde zu vertreiben, damit sie nicht aus dem Aushub fraßen, denn einmal auf Menschenfleisch geprägt, würden sie den Lebenden zur Gefahr.

Die Fehlenden und der Ersatz

Die Heimgekehrten kamen nicht an. Sie blieben auf eigene Weise fern. Auch Klee. Er saß in der Stube, friedlos und stumm, wie von einem anderen Stern, immer den Blick nach der Uhr. Als ein andrer saß er da, einer, der ihm ähnlich sah, aber nicht glich. Ein Poltergeist, doch totenstill, wie der Vater: totenstill. Seit seiner Rückkehr aus dem Zeltlager in Suez hatte der kein Wort gesagt. Er war bei der Schwester untergekommen, legte sich dort ins geliehene Bett und blieb auf seiner einzigen Reise. Es gab keine Ankunft für solche, und keine Begegnung mehr. Die Knaben waren Männer vor der Zeit, die Männer früh erloschen. Sie taugten zur Arbeit nicht mehr, befallen von einer Müdigkeit, so groß, dass Schlaf nicht mehr half. Ein großes Gähnen war's, fast wie im Chor – stimmenlos der aber. Sobald sich die Nachmittagshitze gelegt hatte, trafen sich die Nichtsnutze im Schatten des Maulbeerbaums, um sich die alten Zeiten ins Gedächtnis zu rufen und die neuen zu beklagen und ihre müden Augen an den jungen Frauen zu weiden, die noch nicht am Juckreiz der Niedertracht litten und wie Lichtgestalten vorüberzogen. Wie Pfründer sahen die Männer aus, die als Helden bejubelt von den Schlachtfeldern ins Dorf zurückgekehrt waren. Die Mädchen blickten die Männer an, scheu und anmaßend zugleich. Sie, einst kupfer- und haselnussbraun, waren in ihren Verstecken verblasst. Der Krieg stand ihnen im Gesicht, den Männern und den Mädchen.

Manche Frau, die nach langem Bangen und Sehnen nun einen Taugenichts hatte, dachte insgeheim, dass das Leben ohne Mann leichter und süßer war, und manch eine malte sich aus, ihn atmend zu begraben, um ihn beweinen zu dürfen. Man wollte jammern und heulen, nur nicht mehr tapfer sein, und blieb doch tapfer und beschämt mit den neuen Geschichten.

Die Mädchen aber reiften zu Frauen, wild und sprunghaft, auch wenn sie einmal stillhielten und nur die Flügel ihrer Nasen bebten. Man sah ihnen die Stürme an, die im Winter übers Land fegten. Die schon einen Herd besaßen, führten jetzt das Regiment, tanzten heimlich mit den Toten – Vätern, Brüdern, Söhnen. Von den Lebenden verlangten sie Pünktlichkeit bei Tisch und maßen die Zeit am Fallen des Laubs und warteten und warteten und wussten nicht worauf. Gegenwart gab es nicht. Nur schaurige Erinnerung und ängstliche Erwartung, ein Gestern und Morgen, aber kein Jetzt. Und einer nach dem anderen starb, gerade als er dachte, jetzt beginne das Leben von neuem, am Herzen oder am Schlag. Nachts krochen die Männer in die Schöße der Frauen und hofften, auf immer darin zu verschwinden, und gaben den Traum von der Freiheit auf für den neuen Gehorsam.

Der Mensch gewöhnt sich an alles, wie sich das Auge an die Dunkelheit gewöhnt. Aber woran sich das Aug gewöhnt, gewöhnt sich auch das Gemüt. Stumpf wird der Mensch und staunt nicht mehr – und folgt zur Not auch denen, die den Herrgott und die Moral über das eigene Wohlergehen stellen. Wie in einer Trümmerwelt einen Traum bewahren? Was noch hoffen, was noch wollen, wenn man überlebt hat? Man folgt einem groben Gespür, nimmt mit dem Nächstbesten vorlieb.

Klee nahm Ida zur Frau, nahm das Kind als das seine. Womöglich gelänge das Leben, dann fügte sich alles von selbst. Er baute sich und den Seinen ein Haus. Ein Bauernsohn braucht ein Haus. Das alte war ihm schon einmal gut. Und sesshaft wollte er jetzt sein, denn mochte er auch zum Besseren streben und immerzu dem Schöneren nach, trug er doch auch den Hang in sich, fest zu bleiben, sicherzugehen. War es wirklich wegen der Angst, dass er nachts das Licht anließ? Wem denn noch den Weg erhellen? Näherten sich Schritte dem Haus, horchte er, ob sie es sei. Wo war sie? Warum kam sie nicht? Bestimmt hat man sie fortgebracht. Sicher wäre sie bald frei. Oder längst auf dem Weg. Die meiste Zeit war Klee damit beschäftigt, sich auszumalen, warum sie dafür so lange brauchte. Zuweilen schreckte ihn ein Knall aus der Grübelei, das Aufflattern großer Vögel. Dann war er wieder ganz bei sich und wieder ganz verloren.

An den Sonntagen wartete er mit Frater Leo und dem Amerikaner vor der Kirche. Ida ließ sich Gott nicht nehmen. Seltsam, dass einer noch hofft. Man schöpft sogar neue Kraft, baut das Land von neuem auf, nimmt Abschied von Vater und Mutter. Man ist es gewohnt, für später zu sein, wie ein jeder für später lebt, der ein Feld bestellt, Angeln auslegt oder Fallen. Man kam nun wieder an Gärten vorbei, in denen Menschen bauten. Vorsichtig hoben sie Minen aus dem Boden, pflückten Steine und Disteln daraus. Nichts wurde ihnen je geschenkt.

Auch Ida bekam nichts geschenkt. Aufrecht stand sie neben Klee, der ihr dennoch verloren blieb. Das Kind war ein schwacher Trost. Sie war ihm aber umso fürsorglicher, hätschelte, unterhielt und wärmte es und passte auf, dass ihm nichts geschah. Sie nähte ihm ein Püppchen, nannte das Püppchen Klee und gewann es selber lieb, lieber als gedacht. Manchmal, wenn sie alleine war, drückte sie es an sich, als gebe sie ihm die Brust. Endlich nahm sie's dem Kind ganz weg und gab ihm ein anderes zum Spielen.

*

Der alte Vater starb, der arme Rabenvater. Schon gab's ein neues Leben, kaum, dass das alte erlosch. Das Kindlein aus Suez wuchs Klee ans Herz. Es war eine neue Geschichte. Lily kam nicht darin vor. Und doch war es annähernd gut. War ein Weg steil, schob Ida ihn an, liebe, sanftmütige Ida! Vor lauter Güte würde sie sein Sterben nicht bemerken, würde mild darüber hinwegsehen zwischen ihren kleinen Sorgen und Nachkriegsnöten, die sie zwar immer hervorhob, aber ein jedes Mal schluckte.

Sie legte einen Garten an und lebte darin wie ein stummes Tier, auf allen vieren, jahraus, jahrein, pflanzend, rupfend, jätend. Sie tat, als geschähe das Klee zuliebe, denn alles wollte sie mit Dankbarkeit vergolten, auch den entbehrlichsten Zeitvertreib. Von Zeit zu Zeit rief sie ihn herbei und öffnete ihre Bluse – *Trink nur, wenn du durstig bist, lieber, lieber Mann!* Also trank er und schämte sich, und Ida lächelte stolz.

Gelegentlich wollte sie mehr. Wollte sogar noch ein Kind. Er aber fürchtete jedes Mal, wenn sie sich zu diesem Zweck entkleidete, dass er ihren Körper gleich nicht nur nackt, sondern durchsichtig erblicken würde, jedenfalls etwas darin gewahrte, das er nicht sehen wollte, etwas unter ihrer Haut, dass er lieber die Augen schloss oder eilig wegsah. Idas Schenkel standen offen wie ein gewaltiges Scheunentor, nichts Geheimes war mehr daran, das noch zur Erforschung reizte. Seine Verlegenheit dann, wie in jener frühen Zeit, da ihn die Mutter in den Angstnächten zu sich ins Bett genommen hatte und er ihren dichten Muff an seinen Kniescheiben spürte. Oder als er die junge Magd, deren Blut er ablecken durfte, wenn sie sich einmal stach oder schnitt, dabei ertappt hatte, wie sie sich absichtlich verletzte. Manchmal, wohl um die Bilder zu verwischen, dachte er an die Fahrten auf Lilys Gepäckträger, wie Lily da lachte und die Arme ausbreitete und wie sie überhaupt lachte und weinte, schön wie eine, die nicht um ihre Schönheit wusste, immer aus tiefster Seele. Und ihre Nachdenklichkeit und Wissbegierde! Und die komischen Manieren! Er sah ihr gern beim Essen zu, überzeugt, dass die Frauen beim Essen verrieten, wie sie es mit der Leidenschaft hielten. Man brauchte sie nur anzusehen – die eine nahm kleine Bissen, ließ was übrig, zierte sich. Die andre wieder schwelgte.

Klee ersoff an Idas Milch, schwand von Tag zu Tag. Sein Glaube an Lilys Rückkehr war kein rechter Glaube mehr, eher zweiflerische Hoffnung, die ihn aufrecht hielt. Nie sprach er ihren Namen laut, dabei lag der ihm dauernd im Mund, war wie eine wunde Stelle, die er immer und immer wieder mit der Zunge anspielte, obwohl er wusste, dass es die Heilung erschwerte. Doch war nicht selbst das kleinste Andenken diese Unvernunft wert? Die Unordnung ihres Haars, die immer sauberen Nägel, die kleinen Füße, rein und weich – fast wie die Füße des Kinds. Es fiel ihm schwer, das zu verhehlen. Das Kind erinnerte ihn an sie, und mehr als für alles andere liebte er es dafür.

Keiner fragte, wer die Kinder zeugte, als die Männer auf den Feldern waren. Keiner rechnete auf, ob einer im Ganzen mehr Leben genommen als gegeben hatte. Man nahm die Kinder, wie sie kamen, nannte sie Vito und Vladimir und sang ihnen Heldenlieder, nicht nur zur guten Nacht. Die Mütter tränkten sie so lange, dass sie immer Kinder blieben. Sie kosten und drückten und herzten sie und sagten zärtliche Namen, die endeten auf *i* oder *ica* oder auf *chen* oder *lein*. Die Mütter küssten die Kinder auf Wangen, Mund und Geschlecht. Die Kinder gingen einwärts und stammelten, lispelten, lallten. Sie nässten ein und wetzten und knirschten mit den Zähnen. Sie bissen sich die Nägel ab und schnitten dabei Grimassen. Man taufte sie trotzdem nicht. Man band ihnen Tücher um die Hälse, kleine, rote Tücher. Man knotete sie fest. Die Kinder besangen den Heldenkampf. War der eigene Vater gefallen, sangen sie umso lauter. Man ließ sie bei den Denkmälern spielen, Fangen und Erschießen. Immer gab es Streit, wenn es zu bestimmen galt, wer den Feind spielen sollte und wer einen der Ihren.

Die Kinder werden nicht ewig um die Denkmäler laufen. Sie werden wieder auf Friedhöfen spielen. Verstecken spielen oder anderes. Es werden finstere Spiele sein. Aber ungesehen.

Klee nahm sich ein Stück vom Garten und setzte Weinstöcke hin. Er glaubte selbst beinah, alles sei gut, eine Reminiszenz. Kam ihm Lily in den Sinn, ermahnte er sich zur Demut, und dass ihm sein kleines, geordnetes Leben lieb und hinlänglich wäre. Gab es nicht auch früher eins, ein Leben ohne sie? Ein Leben in groben Zügen, eine Ahnung wenigstens, da man nicht wusste um das Glück? Aber war es überhaupt Glück? Er wünschte sich, das Lieben aufzugeben, sich selber wieder gut zu sein, ohne den Aufruhr in seiner Brust, ohne das andre Gesicht im Kopf. *Wenn der Krieg gewonnen ist, gehen wir nach Amerika,* hatte er Lily versprochen, wie ein Kind es selbst geglaubt, und anscheinend wirklich ein Kind, das magisch eine Erfüllung beschwört, indem es den Wunsch zur Gewissheit dreht.

Stumm lächelte er gegen die Erinnerung an, suchte sich wieder an Ida zu halten, hielt sogar wieder ihre Hand, wenn sie zusammen gingen, ziellos, wie nur die Glücklichen gehen, oder die Lebensmüden. Einmal nur ließ er sie aus – das war, als Ida sagte, dass die Feinde ihre Hände mit Menschenknochenseife reinzuwaschen suchten. Da war er überrascht von der Härte seines Einspruchs, und dass er ihr vorwarf, wie die alten Weiber schaurige Geschichten zu erfinden, obwohl er wusste, dass sie nicht log. Er hat sich nicht erklärt, nur wieder schweigend gelächelt. Und mochte von allen Lügen das Lächeln auch die schäbigste sein, wurde das Lächeln doch zum Brauch, auch dem Kind zuliebe Brauch. Die Lüge schafft mehr Ordnung als die Wahrheit.

Ida stellte keine Fragen und sie tadelte nicht. Durchkreuzte Klee ihre Vorstellungen von Tugend und Anstand, ging sie nur wortlos in die Kammer und stach, Schadenswünsche murmelnd, mit Stecknadeln auf ihr Püppchen ein. Dann tat's Klee einmal da weh, einmal dort, wo immer sie das Püppchen stach. Klagte er über Schmerzen, gab Ida sich fürsorglich und heilkundig und trieb einen altmodischen Gebrauch von Kräutern und Arzneien. Die Schuld machte sie zahm und fromm. Wie alle Gefälligen wollte sie trösten, aufbauen, Liebe verschwenden, um sich an Lob und Dank zu berauschen. Um sich in die Höhe zu bringen, bückte sie sich tief, und wie alle Gefälligen ertrug sie keinen um sich, der nicht Grund hatte, ihr dankbar zu sein. Gerade wenn Klee sich wieder mühevoll zur Einsicht gebracht hatte, es doch gut getroffen zu haben, ein braves Leben in Häuslichkeit, das Mutter-Vater-Kind-Spiel, die Kriegsversehrtenrente, der ganze schöne Besitz, vermeldete ein körperliches Gebrechen das Ausmaß seiner Not. Ida war gleich zur Stelle, die Schwäche zu bekämpfen, ihn als den zu erhalten, der ihr früher die Tränen aus den Augen geküsst und sie *Mein Liebes* und *Mein Mädchen* genannt, sie so anders angesehen hatte. Immer entschlossener suchte sie den von einst in den Überresten, die von ihm geblieben waren, dass ihr nicht einfiel, zu bedenken, ob ihr der Mensch, der er geworden war, überhaupt erträglich wäre. Sie hielt sich nun an anderem fest, um sich nicht fragen zu müssen. An den wichtigen Briefen auch, die Klee jetzt von amtlichen Stellen bekam. An den Empfehlungsschreiben der Weggefährten, die ihm Tapferkeit und Mut bescheinigten. An Ehrenzeichen und Orden. Er brauchte nur die Hand zu strecken, schon flog ihm wieder was zu. Sein ganzes Jackett schon voller Klimbim, Zeichen weltlichen Ruhms! Davon kaufst du dir ein neues

Selbst, und es reicht für ein Leben. Ida jedenfalls glaubte daran und glaubte umso mehr daran, als sie auf ihn herabsah, ihn, den Bauernsohn, von dessen Heldentum sie ein ganzes Leben lang zehren musste, der aber, wenn sie beisammenlagen, immer noch nach Stall roch. Den Stallgeruch wird er nie los, selbst wenn er mit jedem Orden wächst, bald zu groß für eine allein. Wie war er jedes Mal stolz, ein neues Wesen zu besitzen, wenigstens für Stunden, sich an einem frischen, gesunden Leib aufzurichten, sich anzustecken an seiner Jugend, als legte er es darauf an, sich die Einsichten des zur Weisheit Gelangten zu trüben, die Einsicht auch, dass ihm eine jede, je tiefer er in sie kam, desto fremder wurde. Da war er der Hexenmeister oder ein seltenes Kerbtier, dessen Stachel einen Dämon weckte, noch der Schönsten das Gesicht entstellte und sie brüllen und beben machte, während er in einsamem Ritt unter einem Himmel von Schreien und Küssen ungeschlagen durch die Nacht stürzte.

*

Ida wollte Klee haltbar, dass er ihr nicht zerbräche, holte einen Künstler ins Haus, der ihn verewigen sollte. Klee lag, die Augen geschlossen, einen Trinkhalm in jedem Nasenloch, auf einer alten Kamelhaardecke auf dem Wohnzimmerboden, während ihm der Fremde feuchte Gipsbinden aufs eingefettete Gesicht legte. Merkwürdig schien ihm, dass man ein liegendes Gesicht, eigentlich das eines Schlafenden oder Toten, eines Tages für ein aufrechtes, waches hielt. Nach wenigen Minuten, der Gips war hart, hob der Künstler die Larve ab, strich ein paar harte Krümel von Klees Gesicht und bedankte sich umständlich für dessen Geduld, ehe er mit Ida im Nebenzimmer verschwand. Durch die verschlossene Tür hörte Klee sie um den Preis für die Büste feilschen. Als sie endlich handelseins waren, verabschiedete Ida den Künstler wortreich und brachte ihn zur Tür. Dann kam sie zurück, trat vor Klee hin, der immer noch auf dem Boden lag. *Erledigt!,* keuchte sie heischend, als hätte sie sich für ihn geplagt.

Lange saß er an manchen Tagen vor dem Gipskopf, müde vom ewigen Hadern wegen des Wassers, das er, wie Ida meinte, viel zu lange rinnen ließ, wegen der Zahnpastatuben, die er in ihren Augen zu weit vorne ausdrückte, sodass sie Mühe hatte, den letzten Rest herauszubekommen, und endlich einen Tubenquetscher kaufte; auch wegen seiner Absenzen und der vielen, vielen Zeit, die sie darauf verschwendete, ihm Liebeseifer abzupressen. Nach seinem Tod, dachte er, würde sie den Kopf in Bronze gießen und ihn aufstellen lassen, vermutlich sogar am größten Platz des Orts, und da zu den Gedenktagen, denn das Gedenken würde sich früher oder später auf bestimmte Tage beschränken, drei rote Nelken niederlegen, vielleicht auch einmal einen Kranz mit überlanger Trauerschleife, darauf Worte, die sie betrafen, große Witwenworte. *Deine Ida.* Oder *Meinem Mann.* Denn immer nannte sie ihn den ihren, wie um sich durch die Besitznahme ein Stück weit zu erheben. Dass man sie ihm ansehe, darauf käme es ihr an. Die Launen und Flausen aber würde man dem Bronzekopf nicht ansehen, nicht Sehnsucht noch Angst und nicht einmal, dass der Gemeinte in manchen Nächten schreiend aus dem Schlaf geschreckt war, weil der Totenkopf in seinen Träumen fortlebte, den Gewehrlauf auf ihn gerichtet, den Finger am Abdruck, *Peng!* Man würde ihm Lily nicht ansehen. Warum ihn dann überhaupt ansehen? Wofür ihn überhaupt ehren? Immer wieder kam ihm in den Sinn, wie er, bevor er loszog, in den Krieg zog, noch Maliks Zimmer betreten hatte. Lange hatte er auf die Schuhe des Bruders geblickt, die noch neben dem Bett standen, als käme er jeden Moment zurück. Was galt es, ein ödes Land zu befreien, dem die älteren Brüder ans andere Ende der Welt entkommen waren? War der Kampf nur Ausweg, vergeblicher Wünsche wegen? Was schulden wir anderen, was uns selbst? Was schulden uns die anderen?

Bald stand am größten Platz des Orts auf einem mannshohen Sockel das Mal. Die Ehre kam Klee gelegen, verständlich war sie ihm nicht. Und wie das Spiel mitspielen? Er gehörte nicht zu denen, die sich, einander in höherer Stellung vermutend, bei jeder Begegnung tief verneigten. Die Kennzeichen der irdischen Weltordnung, die Schaumünzen, Anstecknadeln und Orden, bedeuteten ihm nichts. Der Gefeierte selbst spürte ja immer nur die Herzseite der Medaille. Der Krieg hatte ihn enteignet, ihn um sich selbst gebracht. Wie konnte der gewonnen sein, wenn er doch nicht mehr herausfand, wenn er doch alles verloren hatte, vor allem seinen Verstand?

Er sah jetzt neue Schiffe ziehen, dachte an die Endlichkeit des Menschenlebens. Alle guten Vorsätze, fest zu bleiben, sich abzufinden, lösten sich jäh auf. Im Festgelegten und Entschiedenen war nur Wiederholung, war zwischendurch ein Angstausbruch. Gerade untertags, bei Helligkeit und Frische, wenn alles groß und nahe schien, wie für die Ewigkeit gemacht, fühlte er die Armut und Enge aller Schicksale in seiner eigenen Brust. Immer hat er die beneidet, die sich einschifften, niemals die, die ankamen; wo er ankam, wollte er fort. Das Glück, so schien es, war immer dort. Klee träumte sich weit weg, in die großen Häfen mit den klingenden Namen – Puerto Nuevo, Veracruz, Chiwan, Sidi Bou Saïd, Hammamet, Kairouan –, Namen, die er lange im Mund behielt, weil sie wie Honig auf der Zunge lagen.

Suez

Eine Reise – kann man die *machen?* Vom Denken in die Tat zu kommen, darum ging es Klee. Er heuerte als Seemann an, bestieg ein Schiff, war Monate auf den Weltmeeren unterwegs. Doch nicht Zeiträume noch Orte vermochten ihn von jenem Damals zu entfernen, das wirklicher blieb als alles. Und mochte sich das Herz in der Fremde weiten, fand er manches dort vertraut, oder vielleicht war es so, dass ihn gerade das Vertraute befremdete, weil er es nicht erwartete, nicht dort, wohin er sich vor den Versuchungen in Sicherheit zu bringen glaubte und erst recht unersättlich fand. Auf den Landgängen trieb er sich allein herum, schaulustig, seitab, begierig auf die Sensationen des Alltags. In den Nächten, betrunken von Whiskey und Arrak, verlor er sich im Gezirp der Mädchen, die noch darauf harrten, dass sich die eine große Lust als wahre Liebe zu erkennen gäbe, und die auch sonst für bedeutsam hielten, worüber er sich längst hinweg glaubte und hinweg nicht im Sinn von erhaben, wie er an manchem Irrtum gerne festgehalten hätte – warum sonst die Hoffnung, dass noch einmal, ein einziges Mal, eine käme, ihn hinters Licht zu führen, ihn zu berauschen mit einer Umarmung, einem Kuss oder geheimeren Spielarten. Und rätselhaft die mit den großen Mündern, mit den safran- und rosenroten, in einem Augenblick von Leidenschaft entflammt, im nächsten abgeneigt und kühl. Ihre Spiele verstand er nicht, obwohl sie ein Begehren weckten und hin und wieder auch Einsamkeit, mehr als die schönen Dirnen, die ihre Schenkel öffneten und schlossen wie Schmetterlinge ihre Flügel, lauernd, dass einer käme, dem Grau der Nacht zu enttauchen. Manchmal nahm er sich ein Straßenmädchen, brachte es aufs Zimmer eines Stundenhotels, entkleidete und wusch es und erzählte ihm Geschichten, zu deren Helden er sich machte, fragte das Mädchen auch allerhand. So harmlos ließ er es lange währen, im Aufschub Freude suchend, im Wissen auch, dass sich die andere Sehnsucht nicht mit dem Körper stillen ließe, zu zweit noch weniger, als wenn man alleine lag und durch die dünnen Wände die menschlichen Laute und das Knarren der Bettgestelle belauschte, bemüht, die eigene Lust nach den Zimmernachbarn auszurichten.

Ida ahnte wohl alles – bestimmt auch Klees Einbildung, mit diesem oder jenem Fräulein ein größeres Glück zu erfahren. Es gab schließlich keine zweifellos schöne Frau, bei der er sicher sein konnte, dass nicht eine noch schönere aufträte, die die vermeintliche Schönheit der ersten zuschanden machte. Oder gab es sie doch? Beugte er sich über eine, sah er Lily und schreckte zurück.

Wenn es stimmte, was Ida später stolz behauptete, war Klee bald Erster Offizier oder sogar Kapitän. Und glaubhaft war das allemal, denn es waren die Zeiten nach dem großen Krieg, da es noch ausreichte, ein Held zu sein, um es ohne besondere Schulung und Beschlagenheit weit zu bringen, ohne Erfordernis aber, weil die Kriegsversehrtenrente für ein gutes Leben reichte. Ida holte die Kuverts Monat für Monat bei der Bank, verstaute sie im Wäscheschrank und rührte sie danach nicht an, zu stolz, in dieser Weise über unverdientes Geld zu verfügen, und stolz darauf, in all den Jahren der Seefahrerei kein einziges Kuvert geöffnet zu haben, allerdings nicht stolz genug, sich die großen Gesten zu verbitten, mit denen Klee ihr nach jeder Rückkehr das Haushalts- und Taschengeld abtrat.

Ida blieb die Wartende. Es war gut, dass jemand wartete. Zuweilen aber hatte Klee Angst, dass Ida und dem Kind ein

Unglück zustoße, wenn er sich zu weit entfernte. Verlören sie einander aus den Augen, drohte womöglich Erblindung. Um ihr die Wartezeit zu lindern, schrieb er ihr lange Briefe, in der Anfangszeit jeden Tag, überrascht, dass es sich aus der Ferne so viel leichter liebte. Wann immer Ida einen Brief erhielt, befiel sie eine Unruhe. Vier, fünf Stunden konnten vergehen, in denen sie sich alles Gute einredete, ehe sie es wagte, den Brief zu öffnen. Was sie fand, hat sie geglaubt. Und umso größer die Dankbarkeit, je besser Klees Erfindung. Hinter *Mein Liebes* hat er ihren Namen gesetzt, behutsam und mit der Koseendung, die er anfänglich gebrauchte. Es war die Endung, eine Anstückelung, die ihren Namen bis zur Verdünnung streckte, *Idalein,* und irgendwann durch den anderen Namen ersetzt, den kurzen und spitzen, der sie herunterspielte, ihr das hinterste A, das aufrichtende, gegen ein I nahm. *I!*, Ausruf des angewiderten Zurückschreckens, *Idi* – vielleicht, weil sie sich drohend in ihm aufrichtete und nicht kleinzukriegen war, mit keinem Kosewort der Welt kleinzukriegen. Er schrieb, dass er ihr Bild immer bei sich trage, sehr nahe am Körper, auch hier, in Suez, auch das Taschentuch, in das sie geweint hatte beim Abschied, und dass er das Bild vor dem Schlafengehen küsse und von Zeit zu Zeit am Taschentuch rieche, immer bange sich fragend, ob ihr Duft verflogen sei. *Mein liebes, liebes Kätzchen* und *Mäuslein* oder *Fischlein,* und zuhinterst *Für immer* oder *Auf ewig Dein.*

Ob er gut gehandelt hat? Machen es nicht alle so? Man glaubt die eignen Lügen, bis man die Wahrheit nicht mehr befragt.

*

Im Hafen von Suez herrschte dichtes Gedränge. Auf Schritt und Tritt rief Klee das Leben an, aber wie immer lockte ihn nur, wonach er erst suchen musste. Endlich der Blick durch ein kleines Loch. Er musste nur eine Münze einwerfen, schon ging das Licht an, räkelten sich Frauen. Bestimmt konnte man hier für ein paar Groschen selbst den Teufel tanzen sehen, denn immer ging beim Einwurf etwas an, leuchtete und blinkte und erklang. In nahezu allen Trinkstuben standen bunt blitzende Automaten mit großen Luken aus Plexiglas, hinter denen unzählige Schallplatten kreisten. Wer wie Klee keines der Lieder kannte, die nach dem Münzeinwurf durch Drücken einer Tastenkombination auszuwählen waren, drückte einfach irgendwas, um für ein paar Minuten den Ton anzugeben und den Takt, nach dem nun alle tanzten oder nickten.

Am Tag der Abreise besaß er kaum noch Geld, kratzte gerade so viel zusammen, dass es für ein Mitbringsel reichte, sein schlechtes Gewissen zu tilgen. Suez ließ ihn an Ida denken. Das Kind war hier geboren. Er fand eine Vase, handgemacht. Die ließ er sich in Zeitungspapier wickeln und schlenderte damit zum Hafen, wo das große Frachtschiff fertig zur Abfahrt lag. In der letzten Nacht an Bord packte er die Vase aus und erleichterte sich da hinein, und nicht nur, um sich den Gang zu ersparen, sondern zur Genugtuung. Je näher es rückte, desto mehr fürchtete er das Wiedersehen, fürchtete er Ida, fürchtete sich vor sich selbst und wie er in ihrer Gegenwart wäre, ein Fremder unter Vertrauten. Immer schwerer trug er am Aufwand der Heimlichkeit – vor die Wahl gestellt, sich selbst zu brechen oder das, was man die Ehe nannte. Idas Güte mochte groß sein, aber nicht groß genug. Was galt ihr lieber, besorgter Blick, solange sie ihn nicht erkannte, jedenfalls nicht als den, der er hinter der Schauseite war – der besetzt Gehaltene, von der anderen Frau besetzt? Bestimmt wüsste Ida ihn lieber leidend oder tot als in den Armen der anderen, und wie in der Geschichte der beiden Huren des Königs Salomon, die im Streit um die Mutterschaft des Sohnes vor die Wahl gestellt waren, den angeblich Geliebten um der Gerechtigkeit willen mir nichts, dir nichts entzweizuschlagen, würde sie wie die Verlogene handeln, die lieber auf ihrem Teil bestand, als ihn der anderen unversehrt zu überlassen.

Er wollte nicht mehr der sein, den Ida sich zurechtdachte, nicht der treue Gefährte, der sich immer weniger aus dem Körperlichen machte, weil er nun ins Alter kam, nicht mehr Teil der Dyade, für die sie sich beinahe bis zum Brechen verbog. Alles gab sie, um vor anderen einen günstigen Eindruck zu machen, tatkräftig, klug und heiter, besorgt sogar um ein Küchengeheimnis, das doch nie ein Geheimnis blieb, wie die meisten ehrsüchtigen Frauen ohnehin nur den Moment abpassten, da jemand eine Speise lobte, um dann großmäulig diese und jene Zutat oder Kochanleitung preiszugeben: Lorbeer und Koriander, Zimt, aber die frischen Stangen, nichts Abgefülltes, nichts Gemahlenes, ah!, und Muskat und Wacholder … Und unbedingt lange kochen. Und weil zu jener durchsichtigen Geheimwissenschaft auch die Kenntnis der besten Quellen gehörte, prahlte Ida gerne mit geheimen Fundorten oder mit den Kräuterweiblein und Kleinhändlern, die ihr dieses oder jenes in bester Qualität zu vermitteln wussten. Das Hausfrauenwissen gab ihr Wichtigkeit, seit sie ihren Beruf aufgegeben hatte, Klee und dem Kind zuliebe, wie sie dauernd hervorhob.

Bestimmt würde sie nicht bei ihm bleiben, wenn er ihr von den Frauen erzählte, die er, ja, so kam es ihm vor, wie Schmetterlinge einfing und im Nu wieder sausen ließ. Oder von Lily. Bestimmt würde Ida sich den Ring vom Finger reißen, ihn unter Schreien und Fluchen ins Meer werfen, wie der Doge von Venedig seinen Ring in die Fluten schleuderte, um sich mit ihm zu vermählen, würde gleich zur Meerjungfrau, der niemand mehr zwischen die Beine käme. Deutlich erkannte Klee, was hinter den Reden von Betrug und Verrat verschwiegen blieb, dass nämlich, was aus Liebe geschah, niemals Unrecht sein konnte. Liebe? Er schämte sich, das Wort zu gebrauchen, es auch nur in Gedanken zu gebrauchen. Für Lily aber träfe es zu. Sie war nicht wie die süßen Mädchen in den fremden Häfen, Indik! Boosaaso! Daressalam!, unvergleichlich den flüchtigen Erhellungen, an deren Endpunkt fast immer die viel dunklere Nacht stand. Sie war die wirklich Geliebte, ihre Wiederkehr das Einzige, was er sich noch erhoffte, ihr Fortsein der Grund, weshalb er dem Schicksal nachtrug, was ihm nicht beschieden war, anstatt sich am Gewesenen zu freuen. In ihr beweinte er alles, was er je verloren hatte.

Eine Angst überkam ihn, die Angst vor dem Sterben, die den Menschen überfällt, wenn er nicht gelebt hat, wie es ihm gebührt. Es gehört zu den Geheimnissen des Lebens, warum einer so irrt. Es hätte anders ausgehen können. Er hätte das Glück annehmen können, als seltene Gelegenheit, vielleicht die letzte, ein Geschenk. Er hat es ausgeschlagen. Wegen Ida vielleicht. Klee gehörte nicht zu denen, die alle Schuld, die man am Schicksal haben konnte, einfach anderen zuwarf, und doch begann er, Ida zu verachten, für ihren feigen Anstand, den Anstand der niemals um irgendwas Anstehenden. Auch für ihre kleinen und großen Erwartungen, selbst die nie ausgesprochenen, die er trotzdem erriet, an den Leerstellen ihres Lebens. Und dafür, dass sie nicht wissen durfte, was ihn bewegte und reizte. In dieser

Feindschaft, für die er sich schämte, kroch er diesmal zu ihr zurück, kleinlaut und entschlossen, seine Schuld durch ein besonderes Maß an Willfährigkeit zu begleichen. Er gab ihr das Gefühl, gebraucht zu sein, tat zum Beispiel, als habe er seine Brille verlegt, ließ sie Zeitungsartikel vorlesen, ließ sich sogar die Schnürbänder binden, lobte sie über Gebühr.

Sie reden von Gnade und meinen den Tod, die lieben, gnädigen Frauen. Die Helferinnen brauchen die Not. Der Teufel tarnt sich als Schwester. Am Sonntag hat der Prosektor frei. Am Sonntag wird nicht gestorben. Nur manchmal ein Rufen, *Was hab ich getan?* Vom Hinterhaus her das Rufen. Tagsüber, im Gemeinschaftsraum, spielt man Menschärgeredichnicht und Tarock. Die Kartengeberin gähnt.

Klee hat so lange nichts gesagt, dass ihn die eigene Stimme erschreckt.

Die Schwester tritt auf der Stelle. Er hat sie angelogen. Sie hat den falschen Namen notiert. Sein richtiges Alter auch. *Sechsundsiebzig,* hat er gesagt. *Wen verständigen?,* hat sie gefragt, wieder Namen gefordert. Da hat er sie nur angeschaut, wie einer, der nicht hört. *Wen sollen wir verständigen, nur für den Fall? – Für welchen Fall denn, Schwester? Ist es schon so weit mit mir? Ich weiß schon, was mir blüht.* Alles Denken, Fühlen und Wollen weicht der dunklen Ahnung. *Es ist doch alles gut, mein Gott! Beruhigen Sie sich endlich!* Offenkundig war, dass irgendein Name genügte und dass es nicht auf Fakten ankam, sondern auf den Umriss des Worts, das die pflichteifrige Schwester in das Feld *Im Notfall zu benachrichtigen* eintragen konnte. Nicht Wahrheit, sondern Pflicht war ihr Anliegen – und zu ermitteln, ob sein gesundes Bewusstsein noch funktionierte. Da musste ein Name her, einerlei welcher. *Schreiben Sie »Lily«,* hat er gesagt. *Wer ist Lily?,* hat sie gefragt, *Ist das Ihre Frau?*

Ging noch Wärme von ihm aus? Warum blieb er bei Ida? Wahrscheinlich wegen des Kinds. Oder wegen der Angst. Angst vor dem Ohne-das-Kind-Sein oder Ohnedie-Frau-Sein oder vor den Gewissensbissen, wenn er der Fortgegangene wäre, oder vor der Ohnmacht, wenn er der Verlassene bliebe. Man bleibt, bleibt seitwärts, unzugänglich, dicht, aber ohne Berührung, bedürftig, wo es nichts zu besitzen gibt, den Verlust fürchtend, wo einem nichts gehört. Gott – oder wer? – hatte dem Menschen nicht nur die Sehnsucht nach Neuem gegeben, sondern auch die Eigenart, sich ans Gewohnte zu heften, mochte das noch so gering sein oder sogar dem im Weg, was man leichthin das Glück nennt. Klee jedenfalls gab die Seefahrt auf. Das hat er bitter bereut. Wohl sehnte er sich nach dem ruhigen Gang, dem harmlosen Leben Seite an Seite, doch fand er keinen Gefallen daran, höchstens für die kurze Zeit, da er sich schwor, alles in sich zu betäuben, was nach Neuem drängte, ganz da zu sein für Frau und Kind, wie es sich wohl gehörte. Während er sich andernorts noch halbwegs am Leben wusste, war er im eigenen Haus wie sterbenskrank, ein Todsünder der Trägheit, zu nichts mehr zu gebrauchen. Je teilnahmsloser er sich zeigte, desto eifriger tat Ida. Oft alberte sie mit dem Kind herum, sagte ihm laut, wie putzig es sei, wie süß und unwiderstehlich. Sie überhäufte es mit Kosenamen und küsste und kitzelte es und ließ sich selbst küssen und kitzeln. Ging es einmal ruhiger zu, nannte sie es brav und klug, lehrte sie es Reime und Manieren. Sie war begabt, das Kind zu formen und sogar schmiegsam zu halten. Brechen aber ließ es sich nicht, zu geschickt war es darin, sie durch Weinen, Hüsteln oder Schmerzklagen einzuschüchtern und in Schach zu halten.

Ida verlor die Geduld. Sie konnte nicht ahnen, dass die Stillstandserschöpfung die schlimmste aller Erschöpfungen war, dass einer wie Klee auch im Stillstand schwer trug, wie die Atlanten an der Vorderfront der alten Marinezentrale in Daleko, an denen die Fußgänger unbedacht vorbeimarschierten, nicht einmal flüchtig zu den Steinernen aufschauend, die das ganze Balkenwerk stützten.

Klee suchte sein Unvermögen durch Duldsamkeit gegen Idas Launen auszugleichen, zückte an den Zahltagen und immer öfter auch an den Zwischentagen unaufgefordert sein Portemonnaie, legte meist noch etwas drauf, befand fast alles für schön und gut, was Ida für schön und gut befand, sprach fast immer freundlich zu ihr. Manchmal brauste sie trotzdem auf, weil sie auf der Suche nach Ersatz für das Unersetzliche nicht Maß noch Ziel kannte. Nervös schielte sie nach dem Besitz der anderen, neidete auch, was man für Geld nicht bekam. Umgekehrt, und das war es, worüber sie am liebsten sprach, wenn auch mit vorgetäuschter Anteilnahme, ergötzte sie sich am Nachteil der anderen, sei es, dass die weniger hatten oder weniger waren oder ausgerechnet dort versagten, wo Ida ihre große Stärke und Klees große Schwäche vermutete – in der eigenen Sippschaft. War ein Kind missraten, zog sie es sogleich heran, Klee ins Gewissen zu reden und sich als Vorbild hinzustellen, denn zweifellos war da ein abwesender oder hurender Vater, ein anderes Mal eine Mutter, selbstsüchtig genug, einer außerhäuslichen Arbeit nachzugehen. Klee verstand die Botschaft: Sich nur nicht verlieren, nur nichts verlieren, auch wenn es für ein ganzes Glück nicht reicht. Er blieb an Bord des sinkenden Schiffs aus Angst, nicht schwimmen zu können.

Bald kriegte Ida den Hals nicht mehr voll, feilschte um jeden Groschen, nahm sich von allem das Beste, häufte Nahrung und Zierrat an, gab nur ungern was her. Ihr Ehrgeiz war es, aufzuzeigen, dass sie besser gehandelt hat, anzugeben, wie man's anstellen musste, um noch den ärmsten

Händlern am Markt die Preise gehörig zu drücken. Nicht was sie kaufte, machte sie froh, sondern die Lust am Ergattern und Erlisten. Es war eine gottlose Gier, die sich ihrer bemächtigt hatte. Eine Sammelwut obendrein, ein Überfließen der Dinge. Wo man hinsah, stand Zierrat, Andenken aus aller Welt, an denen noch Klees Schuldgefühle klebten, lagen Kisten mit Geheimnissen, die Ida niemandem zumuten wollte, Abgenutztes oder Ungebrauchtes, von dem sie sich nicht trennen wollte, weil sie dafür eines Tages gewiss noch Verwendung fände. Alles um sie verkam, verdarb. Der Garten wuchs ihr über den Kopf. War ihr wieder alles zu viel oder aber zu wenig, wurde sie missgelaunt, redete Klee das eine aus und das andere ein, wie es ihr gefiel, nicht wie es ihm bekäme. Trieb sie es aufs Äußerste, half es ihm, sich vorzustellen, was er sich vom Leben genommen hatte hinter ihrem Rücken. So gelang es ihm, Mitleid zu empfinden, in der Angreiferin die Geschädigte zu sehen, ihr zu verzeihen, auch wenn es wohl zutraf, dass sein Mitleid nur eine sentimentale Form der Verachtung war. Da war die arme Frau, die einst so schöne Frau, längst von jener Hitze gedörrt, die Haut und Geist in Falten legt. Es rührte ihn, wie sie sich mühte, ihr Gesicht zu bewahren. Zu lange musste sie leiden an seinem Versteckspiel, das sie mit ihren Fragen nur angereizt hatte, bis sie das Fragen aufgegeben hat, auch in den guten Zeiten nicht mehr fragte, weil sie die Antwort auf die Frage nach den Ursachen einer Heiterkeit mehr fürchtete als die Antwort auf die Frage nach einem Kummer. Die Wahrheit ist eine Zumutung. Wer sie sagt, dem geht es an den Kragen. Schon Klees Zufriedenheit schreckte sie, dass sie wieder ihr Püppchen stach, den Nadelzauber herbeizuführen, der ihn gefügig machte.

Klee hatte sich an den Aufruhr gewöhnt. Zuweilen genoss er ihn sogar und forderte Ida auch heraus, um sich von einem größeren Unglück abzulenken oder weil er ihre Zurechtweisungen als Zeichen der Zuneigung deutete oder wenigstens als ein verbürgtes Recht, in das er eingewilligt hat, als ihm der Gehorsam noch vorausgeeilt war wie ein unerzogener Hund.

Ihre Stürme legten sich rasch. Nur einmal gab es ernsten Streit. Da glaubte sie bemerkt zu haben, dass Klee mit einem Tippfräulein vom Invalidenamt auf zu vertrautem Fuße stünde. Bedenklich war ihr vorgekommen, dass er selbst zum Invalidenamt ging, während er sonst die Behördengänge sämtlich Ida überließ. Ohne sich Überzeugung zu verschaffen, machte sie ihm Vorwürfe und störte so ihr häusliches Glück. Dann setzte sie die Nadel an die Herzstelle ihres Püppchens und stach erneut zu. Im selben Augenblick fiel Klee in einen Traum, fiel und fiel und kam nicht an, aß kaum mehr, begann zu trinken, war bald wieder das hilflose Kind, dem sie die rettende Brust reichen konnte, um ihn von den Leiden zu erlösen, die sie selbst verschuldet hatte. Hatte sie Klee erst wieder so weit, konnte sie ihm verzeihen.

Klee gab sich große Mühe, Ida wieder gut zu sein wie einst, bevor sie einander zur Gewohnheit geworden waren, und die Begegnungen wie die, wenn man bei einem Spaziergang im Wald einem Fremden über den Weg läuft: Man grüßt einander freundlich, um sich zu bedeuten, dass man nichts im Schilde führt. Ida stand als Bettlerin vor seinem störrischen Herzen, um sich im nächstbesten Augenblick wieder aufzurichten, wenn sie ihm auf Anraten des Arztes das Sattessen verweigerte, obgleich er ohnehin nicht satt geworden wäre, nicht von den Speisen, die sie auftrug, nicht von der spröden Liebe, die er erpressen wollte, weil er hoffte, sie einmal ganz ins Innerste zu treffen. Sie fand ihn, die Augen geschlossen, den Atem angehalten, reglos im abgedunkelten Schlafzimmer, in voller Montur auf dem Ehebett, den Lauf der Pistole an der Schläfe, den Finger am Abzug. *Besser tot als Untertan.* Sie rannte aus dem Zimmer, holte schnell ihr Püppchen hervor, riss die Nadeln aus seinem Rumpf und bettete es weich.

Tags darauf lief sie zur Fischersfrau, die eine ordentliche Vergütung verlangte für ihre Andeutungen und Mittelchen, die helfen sollten gegen ein Leid, gegen das kein Kraut gewachsen war. Wie sollte es auch zusammengehen, elektrisches Licht und Radio und die Geister und Wunder?

Ida braute Nerventee. Klee trank den Tee und träumte. Vielleicht vom Chinesischen Meer.

VII

Neue Kinder

Draußen gingen die Uhren noch. Das Dorf bekam Anschluss an die Welt. Arbeiterkolonnen legten Wasserleitungen, asphaltierten die Straßen. Der Geruch von Teer – ein Fortschritts-, ein Errettungsgeruch! Doch wie der Lockung noch folgen? Die Helferin wollte ihn hilflos, wollte ihn ganz bei sich. Der Teufel tarnt sich als Helfer und bringt dich dafür in Not. Klee kam Ida zuvor, begann an allen möglichen und unmöglichen Krankheiten zu leiden, lobte sie für die Wirksamkeit ihrer Ratschläge, Teemischungen und Kaffeeeinläufe – ein Beutetier, das sich schützen will, indem es den Jäger als Retter rühmt. Ohne sie, behauptete er, wäre er nicht mehr am Leben. Da ging ihr das Herz auf, mütterlich. Sie war es, die ihm das Leben schenkte. Sie war es auch, die es ihm nahm, im heillosen Beieinander. Sie, die nichts zum Freuen fand, nur die leeren Flaschen, die sie heimlich zählte.

Wasser gab es inzwischen genug, aber das Dürsten blieb. Gelegentlich schlug Klee sich die Stunden mit Wein oder Schnaps tot. Oder mit beidem. Anders waren die Stunden nicht kleinzukriegen, die Hölle der Gewohnheit, und Ida, die ihn *Vielfraß* nannte und zuweilen *Trinker.* In den Nächten lag er allein, wie man nur im Beisein eines anderen allein sein kann. *Träum schön,* hat sie noch gesagt, böse zynische Prophetie! Er mochte keine Träume, selten waren es gute. *Du auch,* hat er entgegnet, um sie nicht zu verstören. Er wollte sie nicht verlieren, nicht das zweite Gesicht verlieren, sein Visier aus Haut und Fleisch. Gut ist es, ein Held zu sein.

Bei Ida fühlte er sich aufgehoben. Nicht gut aufgehoben, aber untergebracht. Sie war die Prothese, erforderlich und unbequem, spröde von der dauernden Angst, er könne sich zu Tode essen, sich zu Tode saufen, sie zu Tode übersehen. Wie sie den Schnaps versteckte und dabei auf seine Schritte lauschte! Und wie er den Schnaps versteckte und dabei auf ihre Schritte lauschte! Und wie sie sich voreinander versteckten, dabei einer dem anderen schon lange unauffindbar. Manchmal half es, sich zu erinnern, um sich für Augenblicke zu erweichen. Dann wünschte Klee, es gelänge ihm, sich Lily wie einen Splitter aus dem Kopf zu ziehen, denn so wäre alles gut, wäre alles wieder gut, alles so wie früher. Aber gab es ein Früher? Roch es da nicht nach Krieg? Jetzt roch es nach Wein und Anisschnaps und schaler Dankbarkeit gegen die Frau. Gewiss, er liebte Ida, auf seine eigene Art, wie er zum Beispiel sein Vaterland liebte, sein Haus, die guten Stücke im Kleiderschrank, die Originalskulpturen und Originalgemälde, den Kunstdruck auf Leinwand *Abend in Bol,* die Sicherheit des Gewohnten, den Geruch der eigenen Exkremente. Oder die eigene Meinung. Oder das eigene Kind. Nein, das Kind stand allem vor; aber mit Ida blieb er verflochten, wie das Wurzelwerk des Schilfs. Und welchem Mann ist es gegeben, zu unterscheiden, ob er liebt, braucht oder begehrt? Macht es einen Unterschied? Man ist stolz aufs Eigene, weil es einem angehört, und bedenkenlos der Trieb, es den anderen mitzuteilen: Seht her, das ist mein Anteil an der Welt! Mein Haus, Mein Garten, Meine Meinung, Meine Frau, Mein Kind – und nicht immer in dieser Reihenfolge vorgebracht. Dem Bauernmenschen war es angeboren, das Besitzen, Klammern, Horten, das Rechnen und die Rede vom Geld, die Einengung auf das Eigentum, das Schweigen auch übers Körperlose, weil der Bauernmensch wohl weiß, dass das Körperlose gegen seine Bestimmung spricht. Gefährlich ist's ihm, von Freiheit zu reden oder von Brüderlichkeit.

Freitags, in den lauten Stuben, erzählte Klee gern von zu Hause. Doch wenn er spätnachts heimwärts ging, fragte er sich ahnungsvoll, wie er dem Unbehagen entkäme, wenn Ida bei seiner Ankunft wieder ins Gebet versunken in der Küche säße. Wie konnte sie einem gefällig sein, der so viel zugelassen hat? Was brauchte man Gott noch zu bitten? Sah er nicht alles selbst? Klee sah die Kinder Fußball spielen. Der Ball rollte ihm vor die Füße. Er wollte ihn zurückspielen, holte schon aus, hielt ein – ein Totenkopf! Da war ihm, als kehrte er gar nicht heim, als wäre es ihm für alle Mal verwehrt, im Unterschlupf anzukommen, als läge der Ort ohne Wiederkehr in einer anderen Zeit. Stur richtete er seine Schritte dahin. Sein Schatten eilte ihm voraus, im Licht der Straßenlaternen um ihn kreisend, abwechselnd lang und kurz, ein wandelbarer Scherenschnitt, der an Steinen und Büschen zu einem Flimmerbild zerfiel und sich auf ebenem Grund einer unzerstörbaren Comicfigur gleich immer wieder zusammenfügte. Als Klee in einer Winternacht die Abkürzung durch ein Nadelwäldchen nahm und die trockenen Zweige unter seinen Sohlen knackten, hielt er es für das Bersten der Knochen von liegengelassenen Toten. Die Toten waren überall. In den Bäumen saßen fette Spatzen, fielen leblos von den Ästen. Pinienzapfen, sagte er sich und beschleunigte seinen Gang und ging auf einmal so schnell, dass sein Schatten hinter ihn fiel und er begann, sich besorgt nach ihm umzusehen, wie man sich nach einem aus dem Blickfeld verschwundenen Gefährten umsieht, der einem zwar lästig, aber wenigstens treu war. Jetzt nur noch wenige Schritte. Jetzt das elektrische Licht, das aus der immer gleichen Entfernung schien, wie nah er dem Haus auch kam. Jetzt die Tür. Das öffnende Kind. Aber war es noch Kind? Er bückte sich, es zu küssen.

Wo er sich bückte, fand er den Hund. Da hörte er Ida lachen.

Klee war aus der Ordnung gefallen, aus allen Koordinaten des Seins, ein organisches Denkmal, für das das Wort *Mitmensch* nicht mehr galt. Und das Wort *Mensch?* Eher wohl *Zuspätkommender.* Da war ein Versäumnis, das er verschwieg, das aber nachgeholt werden musste, damit sich der Zeitlauf fortsetzen konnte und er gegenwärtig würde. Ida verhängte die Spiegel im Haus. Er konnte sich nicht mehr sehen. Doch litt er nun an der Gefahr, dass einer der Spiegel zerbräche. Ida würde tief erschrocken nach einem Glücksbringer suchen, der jedoch nur, wenn man ihn binnen dreier Stunden fände, sieben Jahre Unglück oder einen nahenden Tod abzuwenden vermochte. Fände sie keinen, begänne das Warten, käme der Totenkopf öfter, den Gewehrlauf auf ihn zu richten, den Finger am Abdruck, *Peng!* Der Filmriss dann, und Ida, die die Nachttischlampe anknipst, *Es ist nichts, nur ein Traum!* Als ob der Traum nicht alles sei.

Die Tür verriegelte Klee längst nicht mehr. Wäre er in Gefahr, würde eine verriegelte Tür daran nichts ändern. Es waren andere Gefahren, die durch jede Ritze, jedes Schlüsselloch krochen. Man konnte sie nicht benennen. Meist saß er neben dem Tischtelefon. Auf der transparenten Plastikwählscheibe klebte jetzt ein kleines Etikett mit Notfallnummern. Meist half der Schnaps nicht mehr. Meist half alles nicht. Vor den Fenstern war Frost. War kein Ausblicken mehr. Und wenn er sagte *Es ist kalt,* tat er, als meinte er die Temperatur und nicht die andere Kälte, die nicht zu regulieren war mit Thermostaten, Koks und warmen Duschen. Wärme war nur anderswo – Bandar Abbas, Salala oder wo es schneit.

Unter Menschen

Klee war in den Krieg gezogen und einfach dort geblieben, irgendwo an einem Ort, wo acht Häuser brannten und fünf Menschen starben. Einer lag in seinem Blut, schrie nach Wasser wie ein Tier. Klee lief schnell, schöpfte mit Mühe einen kleinen Krug voll aus dem fast versiegten Brunnen, sah daneben ein totes Kind brennend auf dem Boden, schüttete das ganze Wasser über dem kleinen Körper aus, als wär das Kind noch zu retten.

Was ihm im Inneren widerfuhr, galt im Äußeren nicht mehr, verbrauchte aber seine Kraft. In manchen Augenblicken war er sich nicht sicher, ob er es war, dem all das zugestoßen war. Immer öfter fand er Beweise, nicht zu dieser Welt zu gehören. Unter Menschen dachte er, man sehe es ihm an. Jeder Blick war prüfend, jeder Satz ein Minenfeld. Nur keine falsche Bewegung! Die Leute auf der Straße schienen sich nach ihm umzudrehen, etwas an ihm zu entdecken, eine Beule oder Falte, einen offenen Schlag, eine verirrte Haarsträhne, einen schlechten Gedanken. Sie schienen sich lustig zu machen, lachten ihn hinterrücks aus. Er sah sie mit Fingern zeigen, *Steineschmeißer! Mörder!* Die vermuteten Gedanken der anderen, die alten Bilder, Gerüche, Geräusche und Geschmäcker, die sich mehr und mehr in die Eindrücke mischten oder diese täuschten, ließen ihn gänzlich verstummen. Wenn die anderen redeten, verschwammen ihre Stimmen, und er sah Lily den Esel aus dem Feuerkranz locken, oder war es ein weißes Pferd? Er sah sie Orgel spielen, später auf dem Fahrrad, oder wie der mit dem Totenkopf sie gnadenlos vor sich hertrieb. Es konnte passieren, dass die Bildfolgen seiner Erinnerung mit falschen Tonspuren unterlegt waren, Filmgeräuschen oder

Musik. Oder dass Getöse eine Szene begleitete, obwohl die Bilder friedlich waren. Oder dass jemand zu ihm sprach und er etwas anderes hörte als das, wozu die Lippenbewegungen passten, und dass derjenige mit fremder Stimme sprach oder in einer fremden Sprache, von der Klee wusste, dass sie dem Sprecher gar nicht geläufig war. Wollte ihn einer locken, sein Schweigen endlich zu brechen, neigte er immer öfter dazu, in sich einen unschuldig Verfolgten zu sehen, den Störer anzugreifen.

Nachts stand er auf, nahm den Schnaps aus dem Schrank, trank ihn aus, fand sich nackt. Rastlos huschte sein Blick umher. Auf dem Wandbrett stand immer noch der Kunststoffaffe, der, wenn man an dem auf der Rückenseite aus dem Plüschbezug ragenden Metallschlüssel drehte, munter die Tschinellen schlug. Den hat er dem Kind einst mitgebracht, aus Amerika. Ida hat ihn nach ein paar Tagen an sich genommen, außer Reichweite des Kinds auf das Wandbrett gestellt, neben ihre Holzpüppchen. Es war ihr auf die Nerven gegangen, dass das Kind nicht mehr aufhören wollte, den lärmenden Affen aufzuziehen. Neben dem Affen die Vase aus Suez, in ihr gesammelt die ganze Wut. Einmal warf Klee sie an die Wand. Das tat ihm dann sehr leid. Weil Ida wieder weinte, als sie die Scherben aufhob, um sie zusammenzukleben. Ida, die quälend Gute! Als die liebe Mutter starb, ging sie eigens nicht in Schwarz, um ihn nicht zu erschrecken. Bei den Dörflern eckte sie an. Mehrmals hat sie es betont: Die Leute haben geredet. *Na und,* hat er darauf gemeint, hat sich nicht erkenntlich gezeigt. Nicht erkenntlich genug. Er konnte gar nicht genügen.

Sollen die Leute nur reden! Die Gebräuche der Geselligkeit waren Klee unmöglich geworden. Dass einer etwas Geistloses sagte und alle dazu lachten. Das ungeduldige

Aufpassen, während man ganz andere Gedanken wälzte, Antworten oder einen neuen Witz erwog – oder ein Geschichtchen vom letzten Aufenthalt in Triest. Oder die ständigen Vergleiche, was man um dieses und jenes Geld wohl im Ausland bekäme. Wunderlich kam ihm auch vor, dass man ihn bei jenem Namen rief, der ihm im Kampf gegeben worden war, ja dass keiner mehr den anderen Namen gebrauchte, dass er gar nicht mehr sicher sein konnte, wer der Gemeinte überhaupt war und ob er je wieder der frühere würde und ob er der jemals gewesen war. Und wenn er den Namen buchstabierte, sagte er jedes Mal *K wie Krieg, L wie Levante* und so weiter, obwohl ihm bei L zuerst Lily im Sinn war und Levante nur ein Ersatz. Er durfte sich nicht verraten, kam ja so schon nicht mehr mit, nicht einmal an der Seite der Frau, die ihn auf Schritt und Tritt begleitete, ihn am Arm hielt, ihm die Stufen vorzählte, damit er nicht strauchelte, ihm zuflüsterte, wen er gerade vor sich und wie man den zu grüßen hatte und was es sonst noch zu beachten galt.

Lud Ida wieder Gäste ein, trank er mehr als gewöhnlich. Besonders zu Silvester. Sobald draußen die ersten Böller krachten und ein Feuerwerk die Nacht erhellte, stand ihm kalt der Schweiß auf der Stirn, ließ er sich volllaufen, nahm schließlich, kurz vor Mitternacht, seine Pistole aus dem Nachtschrank und schoss wie verrückt aus dem Fenster, dass alles in Deckung ging. Immer gelang es Ida, den Rasenden zu beruhigen. *Alles wird gut, alles wird gut.* Warum aber jetzt nicht *Alles nur Traum?* Wie hatte sich die Ärmste bemüht, den Gästen zu imponieren. Jetzt verließen sie hurtig das Haus, tuschelnd und betreten.

Anders war die Betretenheit, als einer der Gäste, enthemmt vom Wein, die Hölle zu schildern suchte, als wäre er ihr gerade noch entkommen. Die Hölle war eine Heilanstalt, in der ein Bettnachbar spurlos verschwand, dann ein nächster und so weiter, dass die Reihe unumgänglich auch auf den Letzten käme. Man wollte dem Gast den Mund verbieten, wollte weiterhin so tun, als läge hinterm Schweigen nichts, außer wenn man es dazu benutzte, den Anschein von Wissen zu wecken. Man entgeht der Schuld der Worte nicht, indem man sie nicht sagt. Oder von anderem schwadroniert, am liebsten von sich selbst. Was waren das für Männer, die ihre Besitztümer, Frauen und Kinder priesen, das Gesicht noch feucht von fremden Achseln, geringschätzig gegen die Mädchen, die sie heimlich beschliefen. Sie sprachen von Fortschritt und belächelten die alten Zeiten, den Aberglauben und Gespensterkram und glaubten dabei, dass, woran sie selbst glaubten, für die Ewigkeit gültig sei. Und was für Frauen – mit Wünschen gespickt, aber ohne jeden Fleiß, Frauen, die mit ihren Kindern prahlten, und dabei lauthals den Tod weglachten, der sich ihnen wieder und wieder in Gestalt einer lästigen Fliege auf die Bluse setzte. Ida war mit ihnen gut, trieb ihre Späße mit ihnen, gewann sogar ihr Vertrauen. Doch dann, ohne sie eigentlich zu hassen, mehr einer eigenen Sache wegen, vielleicht, weil da eine Leere war, hinterbrachte sie einer der Freundinnen, was über sie geredet wurde und was die anderen für Leute seien. So ging das Spiel hin und her.

Klee fiel es immer schwerer, unter die Leute zu gehen. Nur an den Gedächtnistagen ließ er sich noch blicken. Meist war er als Ehrengast geladen, Kränze hinzulegen, Gedenktafeln zu enthüllen, Festreden zu halten. Zu diesem Zweck hatte er eine Reihe von Sätzen zusammengelesen und notiert, um sie als die seinen vorzutragen oder um sich durch ein Zitat den Anschein von Belesenheit zu geben.

Die Festgäste klatschten und nickten und prosteten ihm zu, und die Frauen saßen wie aufgetakelte Schlachtschiffe, eitel und stolz, und der Applaus klang wie ein Prasselregen, und Klee kämpfte gegen die Wiederholung, denn was er eben noch für ein Regenprasseln gehalten hatte, war das gefräßige Knistern des Feuers, darin das Brüllen des hilflosen Tiers, das Brüllen krepierender Männer, nach ihren Müttern schreiend, wie kleine Kinder es tun. Und Lily, fest in seinem Arm, und *Geh! Du verbrennst dir die Sohlen!* Gleich im nächsten lichten Moment benutzte er alle Kraft, es niemanden merken zu lassen. Dennoch merkte es jeder.

Der Weltempfänger

An manchen Tagen wiegt die Decke auf seinem Körper schwerer. Von weit her hört er sich weinen. Weinen hilft nicht, Trost ist knapp. Nächstens ist er an der Reihe. *Kaffee? – Nein, Schwester! Bitte nicht! – Aber Sie müssen trinken! – Nein!* Nur kein nutzloser Trinker sein. Und kein nutzloser Fresser. Die können froh sein für jeden Tag, den man sie leben lässt. Sie geben Klee die Medizin. Erst wird man fahrig, dann müde. Später folgt Bewusstlosigkeit. Der Atem beginnt zu rasseln. In diesem Zustand entfernen sie einen. Der Bettnachbar hat es erzählt. Der hatte selbst ein Mühlrad im Kopf, war auch nicht mehr bei Trost. Nachts hat der oftmals eingenässt, wurde rastlos, stieg aus dem Bett, riss das Laken vom Unterbett, suchte es zu verstecken. Einmal stopfte er es in den Treteimer. Die Schwester zog es anderntags hervor, sah ihn dabei vorwurfsvoll an, dass er zu weinen begann. Seither kriegt er die Vase. Die Vase ist doch kaputt. Ida hat sie geklebt.

Klee kaufte sich einen Weltempfänger. Dann verließ er das Haus nicht mehr, lauerte stumpf und wortkarg, als müsste er es bewachen. Gegen acht Uhr morgens erhob er sich aus seinem Bett und schlurfte ins Bad. Von dort ging er auf die Terrasse und stellte das Radio an. Zu Mittag aß er hastig, meist einfache Portionen. Er war nicht wählerisch, verlangte nie nach Pfeffer oder Salz. Dem Essen folgte wieder der Schlaf, dem Schlaf wieder stilles Brüten, meist über Akten und Briefen oder der Tageszeitung. Währenddessen wollte er nicht gestört werden. Blätternd saß er da, den rechten Zeigefinger ab und zu mit Spucke befeuchtend. So trieb er die Stunden des späten Tags wie störrische Esel vor sich her. Dann horchte er und wartete, denn mit der ersten

Dämmerung kamen die alten Männer und durchquerten seine Einsamkeit. Wie verspätete Unterhändler einer versunkenen Welt erschienen sie auf der Terrasse, begrüßten ihn mit breiten Umarmungen, klopften ihm auf die Schulter, abwechselnd Wange an Wange. Dann ließen sie sich in die Korbsessel fallen, dass die alten Ruten nur so krachten.

Einmal ging er in den Garten, mit einer Flasche DDT, seine Reben zu bespritzen. Ida schloss die Fenster. Die Reben waren nicht bedroht. Niemand aß die Trauben, niemand außer Klee. Er aß sie alle, Ida zum Trotz. Der Trotz war ihm in Fleisch und Blut, selbst in seinem Samen. Das Kind zu seinen Füßen aber war ein nächstes, neues Kind. Das erste war auf einmal fort, verzogen, eh er's bemerkt hat, und brachte gleich das neue Kind, und gab's in Idas Obhut. So würde es niemals still, hätte er alle um sich, die menschlichen Schachtelpüppchen, schön in Reih und Glied.

Die neuen Kinder waren vorlaut. *Wann ist Frühling?*, fragten sie, und *Warum sagst du nichts?* Das Schweigen fiel ihnen schwer, sie redeten nach dem Wind. Es half nicht, ihnen zu drohen, sie glaubten die Drohungen nicht und lachten über den Teufel, die Himmelszeichen über dem Feld, die Märchen aus früherer Zeit. Die neuen Kinder waren geimpft und starben nicht am Fieber. Sie ekelten sich vor jeglichem Schmutz und konnten auch kein Blut sehen. Sie gaben den Katzen Namen und warfen sie trotzdem ins Meer und hielten zusammen und petzten nicht und weinten nur um sich selbst. Wir können die Kinder nicht formen – wie Gott sie gab, muss man sie lieben. Gott? Den Kindern macht keiner was vor. Gebt ihnen klingende Namen! Nennt sie Indik, Boosaaso! Oder Daressalam!

Das neue Kind war wirklich da, doch kam es Klee vor,

als ob sie zu unterschiedlichen Zeiten im selben Raum Aufenthalt nahmen. Manchmal wollte er sich vergewissern. Dann jagte er ihm Furcht ein und klatschte sich auf die Schenkel, damit es zu ihm komme. Es rührte ihn, wie das Kind bei ihm Zuflucht suchte vor den erfundenen Gefahren und wie es ihm zugetan war, wenn er es davor bewahrte. Es war die einzige Möglichkeit, dem Kind so zärtlich nah zu sein. *Alles wird gut, alles wird gut.* Da hat es sich gleich beruhigt und das Heldenmal beschaut, an genau der Stelle am Arm, an der es selbst eine Narbe hatte, aber nicht vom Projektil, sondern vom Ritzmesser, mit dem ihm der Pockenimpfstoff eingekratzt worden war. *Schau, deine und meine Narbe. Wir sind vom gleichen Schlag! Helden, du und ich!* Schon zogen sie in den Krieg. Schon fiel Klees Schatten aufs Kind, und gleich die Schauergeschichten – von Männern, die Menschen in Häuser trieben und lebende Kinder ins Feuer warfen, und so, dass Himmel und Erde wankten und sich das Kind auf die Lippen biss, als stünde es selber dabei. Schon als es noch ein Kleinkind war, hat es sich gebissen, sobald Klee ins Erzählen kam, sich einmal sogar blutig gebissen bei der Geschichte vom Totenkopfmann, der einen Säugling bei den Füßen packte und gegen eine Hauswand warf. Hinter seinem Rücken verdrehte es die Augen, denn nie konnte es sicher sein, ob Klee die Wirklichkeit nacherzählte oder im Erzählen die Wirklichkeit erst erfand. Womöglich taugte keine Erzählung, das Wirkliche wiederzugeben. Aber immerhin taugte sie dazu, etwas wirklich zu machen.

Nur zu den vollen Stunden stand sogar die Vergangenheit still. Dann hielt Klee das Kind an, ruhig zu sein, und drehte den Weltempfänger auf, und das Kind hielt eisern still, wenn er den Nachrichten lauschte. War es allzu lange still, schnupperte das Kind an seinem Schnapsglas und verzog das Gesicht. Dann lächelt er, lachte sogar, dass man nur seitlich zwei Zähne sah, aber warm und herzlich, als würde ein Kind aus ihm lachen. Und das Kind liebte Klee, liebte ihn, wie man einen Hund liebt. Ein Hund sagt schließlich auch nichts.

Das Kind sprach Klee aus der Seele und wusste doppelt viel. Es wusste: Auf dem mannshohen Sockel aus Stein stand auf dem Heldenplatz das Mal. Es wusste, wie man es nannte. Also verheimlichte es seine Beobachtung, dass nämlich Klees Gesicht im Gegensatz zum Statuengesicht ein besonderes Kennzeichen aufwies: Am oberen Rand seiner Stirn war das Haar wie mit dem Lineal gezogen. Einmal hielt es Klee einen Zeitungsausschnitt hin, den es in einem der Schränke entdeckt haben musste, darauf das Bild eines brennenden Hofs. Ida aber entriss ihm den Ausschnitt, *Das ist nichts für ein Kind.* So lernte es, dass im Schweigen die eigentlichen Dinge hausten, und es hielt Klees Hand, die mehr eine Pranke war und riesig wie die Achselhöhle des Orion, und wagte nichts zu fragen. Nur wenn ein Glas zu Bruch ging, rief es lauthals *Das bringt Glück,* und manchmal zerschlug es absichtlich eines, denn nur das Glück schien Grund genug, Klee aus der Starre zu wecken.

*

Seit sie das Radio fortgeschafft haben, ist auch der Bettnachbar fort. Erkundigt Klee sich nach seinem Verbleib, verdreht die Schwester die Augen, *Wer? Hier war nie jemand, Klee!* Still liegt der Hafen, weit ist's da. Das Leben ist ein Spiel.

Beklagte er sich, dass er so viel vergaß, meinte Ida *Sei doch froh.* Warum dann ihre Nostalgie, ihr Denken, das nur noch Andenken war? Die ganzen elenden Mittel, Klee wiederherzustellen, wenigstens haltbar zu machen? Die Heilkunst war ihr Steckenpferd. Oder ein Lebenszweck. Sie wollte ihn wie früher, als er ihr Taschentuch bei sich trug, weil ihre Tränen noch galten. Wieder holte sie Künstler ins Haus, Bildhauer, Porträtisten, Scherenschnitter. Sie drückten das ewige Lächeln in Gips, malten und schnitten es ihm vom Gesicht, bis es endgültig abfiel.

Selbst dem Kind war das zu ernst. Ungeduldig erwartete es das Ende des Tags, denn kamen die Männer um Viertel vor fünf, begann sich der Starre zu regen. Sie aßen Trauben und tranken Schnaps und redeten um ihr Leben. Das Kind aber blieb die ganze Zeit unter dem riesigen Esstisch aus Holz und folgte den alten Geschichten. Die konnte es schon nicht mehr hören. Meistens blieb es unbemerkt, eingepfercht zwischen den Schienbeinen der Männer. Elf hatte es gezählt – Salahuddin besaß nur eins, also musste es stimmen. Blickte einer unter den Tisch, kroch das Kind schnell wie ein Blitz auf Händen und Knien miauend hervor, damit nur keiner der Alten Verdacht schöpfte, ein menschliches Wesen hätte sie belauscht oder gar verstanden, als sie von den Sprengkörpern sprachen, die Menschenteile, Erde und Splitter durch die Luft schleuderten und das Meer zu Fontänen peitschten, oder von stinkenden Schützengräben, wo jeder zu seinem Gott betete, dass er am Leben bliebe, oder von Totenköpfen, die, kurz bevor das Rettungsschiff kam, Leos Elternhaus überfielen. Die greisen Eltern erschossen sie in ihrem Bett, das schreiende Neugeborene in der Wiege vor den Augen der hinzugestürzten Mutter. Leos jüngsten Bruder auch und sogar den alten Hund. Ja, sie zielten auf den Hund und bellten laut, als sie trafen. Drei Männer nahmen die junge Frau, ehe der Gnadenschuss fiel. Sie rissen ihr die Kette vom Hals, die Ohrringe aus den Ohren, den Ring vom Finger. Bei der Alten saß der Ring zu fest, der schnitten sie den Finger ab. Dann setzten sie das Haus in Brand, Vergeltung fürs verlorene Gefecht. Einer von ihnen soll sich bekreuzigt und zum Himmel emporgeschaut haben. Ja, der Mörder, auch nur ein Mensch! Man selbst in allem ja auch nur ein Mensch. Aber auf Seiten der Guten.

Hin und wieder starrte Klee bei Leos Erzählung ins Leere, bis einer heftig zu fuchteln begann, ihn aus den Bildern zu retten. Dann, rasch, jetzt aber die Stimme gedämpft, als folgte nun der eigentliche Schrecken, Geschichten aus noch früherer Zeit, Geschichten von Malik und Lily, wie sie auf Klees Kommando Büstenhalter von Wäscheleinen stahlen, fremde Ziegen molken, fremde Feigen naschten.

Dann und wann trat Ida hinzu, verwischte die nassen Abdrücke der immer gleichen Gläser, aus denen man hier alles trank, Wasser und Wein, Milch und Schnaps. Dann verstummten die Alten, bis Ida erneut in der Küche verschwand und sie sich wieder zuprosten konnten ohne ihren Vorwurfsblick. Und wie sie wieder zu erzählen anfingen, schauten sie drein, als verhandelten sie die dringendsten Fragen der Welt, obwohl sie nur von der Vergangenheit sprachen, niemals von der Gegenwart. Ihre Gleichgültigkeit gegen die Zukunft war nur von einer Todesfurcht durchkreuzt, die kein Bedenken war, ihr Dasein aufzugeben, sondern ihr ewiges Damals.

Vielleicht war der sonst so stille Klee in Anwesenheit der Männer so redselig und lebhaft, weil sie gemeinsam aus der Zeit gefallen waren, Haudegen noch im Geiste, während ihre Körper schrumpften und verfielen, und bestimmt, weil diese Alten seine Trauben aßen und sich aufs Zuhören verstanden, ja, ihn überhaupt verstanden, wie sie nickten und Augen machten, wenn er redete, obwohl sie die Geschichten längst kannten, auch die, die er seit einiger Zeit ins Mikrofon des Rekorders sprach, manchmal stundenlang, zwischendurch mit seinen groben Fingern ein in der Mechanik des Geräts verwickeltes Magnetband entwirrend, niemals dabei ein Fluchwort oder Seufzen. Und das jetzt immer öfter, weil die Unbesiegbaren von einst plötzlich wie die Fliegen starben, an der gnadenlosen Zeit, die nicht stillstehen mochte. Das Kind konnte es an den Schienbeinen abzählen, die unterm Tisch aufragten. Aus elfen waren neun geworden, dann sieben, dann sechs, denn vier – und als schließlich nur noch zwei da waren, hörte es nur noch Klee, der endlos zum Rekorder sprach, immer in der Vergangenheitsform, in der Wiederholform. Redete er einmal nicht, hörte er Musik. Er brauchte Lahutë und Schalmei, um sicherzugehen, dass er lebte, nicht wie die Männer längst tot war, denn bei jedem hat er gewettet, dass er selbst als Nächster ginge. *Ich bin ja fast schon einer von euch,* hörte das Kind ihn sagen.

Eines Tages, unbemerkt, schlich es in sein Zimmer, öffnete Klees Nachttischschublade, nahm die Pistole heraus. Schwer war die und kalt. War sie noch geladen? Klee hat es dabei ertappt, hat es aber nicht beschimpft. Nur einmal hat er die Hand erhoben gegen das verschrobene Kind. Das war, als es unter dem Esstisch saß und die Magnetbänder aus dem Kassettengehäuse zerrte, dass alle Andenken daraus quollen wie braunes Gedärm. Das Kind wird einmal erwachsen. Es wird ihr ähneln. Wem? Es hat den gleichen Knabengang und ist doch gar kein Knabe.

Als die Männer abgerückt waren, kroch es unterm Tisch hervor, kletterte auf Klees Schoß, legte das Ohr an seine Brust, und er schob sich eine Traube zwischen die Lippen, schob sie sich meist in die Wange, dass eine Beule darauf entstand. Kurz darauf krachten die Kernchen zwischen seinen Kiefern, dass beide lachten, seelengleich, die Kinderseele nämlich bleibt in uns, unbeschadet von der Zeit, wie die Ahnen in allem bleiben, in Tier und Blume, Baum und Stein – und einmal sah Ida mit eigenen Augen, wie das Kind Klees Schatten einem Teppich gleich vom Boden aufrollte, ihn sich unter den Arm klemmte und wieder unterm Tisch verschwand. Dort blieb es, bis es groß war.

Von Zeit zu Zeit hörte Klee sich die besprochene Kassette an. Darauf seine Stimme wie von fern, im Hintergrund Hundegebell, Geschirrklappern, das Wimmern des Winds, das Streichen eines Besens, die Stimme eines Kindes. Selten das Klingeln des Telefons, daraufhin Ida, ihren Teil des Zwiegesprächs in die Ferne sagend. Oft glaubte das groß gewordene Kind, Klees Geist habe sich durch das Mikrofonloch des Rekorders davongestohlen, dass nur noch die sterbliche Hülle da sei, taub und blind für alles ringsum. Die Hülle sprach, der Mensch war fort. Und wenn es ihn anstupste oder rief, sah er nur schläfrig vor sich hin, sah, wie der Feldherr die alte Mara an die Hauswand drückte und wie sie ihm einen Blick zuwarf, der ihn warnen sollte – *Da sind noch andere, lauf du, lauf!* Rief das Kind ihn dann lauter an, wurde Klee ungehalten. Und manchmal schmunzelte er nur, mit jenem spöttischen Mitleid im Blick, weil es ihm nicht begegnen konnte, wie sehr es sich auch bemühte. Wollte man ihm nahe sein, musste man mit in den Krieg, denn in seine Dunkelheit ließ er sonst keinen ein.

Affe aus Amerika

Das Aufstehen braucht einen Grund. Der kann ein kleiner sein, aber ein Grund.

An gewöhnlichen Tagen erhob Klee sich nur aus seinem Sessel, um aufs Klosett oder ins Bett zu gehen. Hin und wieder schlich er in die Küche, um zu naschen von Trauben, Datteln, Feigen. Meistens ertappte ihn Ida, auch wenn er nach dem Mittagessen, da sie meinte, er habe genug, heimlich einen Nachschlag nahm. Sein größter Wunsch: sich einmal satt zu essen. Die Lust aufs Sattsein aber sonderbar, denn lag im Sattsein nicht schon Überdruss? Ida wollte selbst dafür noch Lob, dass sie ihm wenig zu essen gab. Es diente ja der Gesundheit. Für alles wollte sie Lob und Dank, auch dafür, dass sie niemals vergaß, das Kalenderblatt umzuschlagen. Die Dankbarkeit aber lähmte Klee. Es fiel ihm schwer, sich zu erheben aus dem tiefen, tiefen Sessel. Kraftlos war er, müde. Keine Rast und kein irdischer Schlaf vermochten das auszugleichen. Auch nicht die Faust voll Tabletten. Der Teufel brachte den Schatten zurück, Klee nahm den Schnaps vom Regal. Er trank in großen Schlucken und ging und kam zu einem Hof. Es glosten die Balken, es roch nach Benzin. Da sah er den feindlichen Krieger, den Rücken an eine Mauer gelehnt, den eigenen Kopf zu Füßen. Vor dem Haus ein verbranntes Kind, daneben die tote Mutter. Und hört ihr nicht das Kinderschreien? Da lebt noch eines, seht! Er nahm das Mädchen auf den Arm, *Alles wird gut, alles wird gut.* Er hasste sich für die Lüge.

Die neuen Kinder sind taub und blind. Sie hören die Tiere nicht reden und meckern doch wie die Ziegen. Sie langweilen sich zu Tode und hungern bei vollem Bauch.

Sie verstecken die Prothesen, stecken die Krückstöcke der Alten in die Erde, drücken die Erde rundherum fest, gießen sie kräftig ein. Die Stöcke wachsen an und treiben zu Bäumen aus. Ein ganzes Krückstockwäldchen wächst, die Helden sterben aus. Die Kinder stehen im Schatten, spielen Schere-Stein-Papier. Sie schneiden sich und faschen sich Arme und Beine ein. Sie wollen Invaliden sein, um in Ruhe ihren Träumen nachzuhängen. Man sieht sie um das Denkmal schleichen, es mit Steinen bewerfen. Oder sind es nur Krumen? Da, wo sie treffen, durchzuckt Klee ein Schmerz. Die Kinder wollen nur spielen. Sie führen bunte Holzschmetterlinge an einem Holzstab spazieren. Schmetterlinge auf Rädern. Schiebt man die so vor sich her, flattern die Schmetterlingsflügel. Manchmal läuft ein Kind zu schnell, dann geht das Ding zu Bruch. Dann sucht man sich ein anderes Ding und beruhigt sich kurz.

Klee nahm den Affen vom Wandbrett, drehte den Schlüssel an seinem Rücken bis zum Anschlag, dass er die Tschinellen schlug, laut und schnell wie nie. *Affe aus Amerika*, schoss es ihm durch den Kopf, und dass er selbst ein Affe war, den ein anderer aufzog. Wieder und wieder zog er ihn auf, der Stillstand ängstigte ihn. Ida kam, riss den Affen an sich und warf ihn gegen die Wand. *Ida, der Affe gehört doch dem Kind!* Sag schon Klee, welches meinst du?

VIII

Gesternschnee

Da horcht der Klee und wartet. Mit der ersten Dämmerung kommen wieder die Männer. Er sieht sie als Schatten an der Wand, winkt ihnen aufgeregt zu. Seit wann sind die Schatten farbig? Kommen sie näher, schlägt er um sich und schreit dabei wie ein Kind.

Den Störenfrieden kommt man bei, bis sie in Frieden ruhen. Denen rasiert man die Schädel. Der Oberarzt nimmt den Holzmundspatel. Klee reißt den Mund auf, *Sehen Sie selbst: Nicht ein Goldzahn, Herr Doktor! – Der bleibt noch, zur Beobachtung,* sagt der Doktor und geht. Die Schwester bleibt, notiert. Der andere war auch zur Beobachtung da. Sie leugnen, dass er da war. Jeder Einwand gilt als Symptom. Die anderen bestimmen, was stimmt und was nicht. Der Bettnachbar – reine Erfindung! Wenn Klee die Schwester bittet, dass sie für Ruhe sorgt, behauptet sie, es sei ganz still, und tut, als bilde er sich's ein, und schüttelt nur den Kopf. Die Explosionen, das Geschrei – eine Sinnestäuschung! Den Pulverdampf bemerkt sie nicht, redet ihm alles aus. Gestern hat er Lily gesehen, draußen am Gang, ganz deutlich. Ein Mädchen wie damals, stand sie da, fast zu schön, um wahr zu sein. Doch ist's der Lüge vorbehalten, schön zu sein? Er wollte sie rufen, zu ihr gehen. Als er aufsah, war sie fort, als wär es nicht gewesen.

Solange sie einen ermahnen, dem Wahn nicht anzuhängen, die Launen zu vermeiden, ist man nicht verloren. Sie reden von Vernunft und meinen den Gehorsam. Er wird nicht nach Lily fragen. Die Schwestern bestimmen, wen es gibt. Sie streiten ihm Lily noch ab. Nur wer klein beigibt, wird für voll genommen – und kommt hier doch nicht lebend raus. Sie werden alles unternehmen gegen seinen Drang, ins Freie zu entkommen. Sie reden von morgen und lachen, als ob es kein Morgen gäbe. Sie wetzen die Messer, die gnädigen Frauen, sie sitzen am längeren Ast. Fein säuberlich dann in Frauenschrift Name, Sterbezeit, Todesgrund. Der Grund ist immer der gleiche. Alle hier reden vom Grund. Selbst Ida hat davon erzählt, sie hat es selbst gehört. Ida! Weckte sie ihn aus wilden Träumen, war ihm oft, als wäre er durch sein Erwachen in einen noch schlimmeren Traum geraten. Nur die Hoffnung auf ein Wunder hat ihn in den späten Morgenstunden nach unergiebigem Schlaf aufstehen lassen, obwohl er sich noch im Zustand des Erwachens in die mildernde Bewusstlosigkeit des Schlafs zurückgesehnt hatte, die ihn vor dem Scheitern an den Aufgaben des Tages bewahren würde.

Irgendwann blieb er liegen, erschöpft, nicht wissend wovon. Idas Mittel halfen nicht mehr. Der Blutdruck, die Kreislaufkrisen und ein unstillbarer Durst, während sein Gegenbild unverändert am Heldenplatz stand, regen-, wind- und kugelfest, für immer dreiundzwanzig. Doch wenn er sich auch nicht mehr ähnelte, glich er sich dem Stählernen merkwürdig an. Die Gelenke wurden ihm steif, die Haut wurde kälter und härter, der Blick hohl, wie bei der Büste aus Gips, die jetzt im Wohnzimmer stand. Ein Verhärten, sich Verpuppen unter furchtbaren Schmerzen. In manchen Nächten träumte er, die Puppenhaut aufzubrechen, einen Abkömmling nach dem anderen aus seinem Rumpf hervorzuholen, wie man aus Idas Holzpüppchen eins nach dem anderen holte – ein Kind, das wächst und geht, und wieder ein neues und so fort. Nur sich noch schnell vermehren, aussäen, in die Urzellen zerfallen, eine Invasion aufständischer Wesenheiten, winzige Brutkapseln bildend, deren Membranen platzen und neue Keime streuen, die in kleinste Elemente zerstäuben, vom Wind in alle Richtungen getragen, in die Wiesen und Wälder, über die Strände und weit übers Meer, bis nach Amerika. Es kommt die Zeit, kurz vor dem Fall, da der Mann ein Tier sein will – ein schnelles, kräftiges, räuberisches Tier. Dann nennt er sich Löwe, Bär und Luchs. Ida nennt ihn nur Schwein. An Tagen, da sie ihn hasst, trägt sie nun absichtlich Schwarz.

Er hat ihr immer noch nicht erzählt, wo er am Tag der Hochzeit war, als sie ihn stundenlang suchte. Sie musste nicht alles wissen. Und wie ihr verständlich machen, warum er Jelka zu Rate zog, schwermütig wegen der Heirat, denn was, wenn Lily heimfände? Steinalt war Jelka geworden, krumm und faltig auch, doch war ihre Stimme die einer jungen Frau geblieben, auch wenn sich mit den Jahren ein Knistern darauf gelegt hatte. Ohne zu zögern, erzählte sie, als machte sie sich schuldig, wenn Klee auch nur das kleinste Andenken verlorenginge, als gälte es nun, da ihr der Tod vor Augen stand, gegen das Vergessen anzugehen, das unser Leben in Frage stellt, bevor wir begreifen, dass wir sind. *Nichts bleibt als deine Geschichte,* sprach sie, *Und ohne Geschichte nichts.* Und wenn sie ihren Erzählungen die schönen Gewirke ihrer Erfindungsgabe einflocht, um die Lücken der Erinnerung mit Bildern zu füllen, war nichts unaufrichtig, nichts entstellt. Tapfer sei Lily gewesen, als Klee im Feldlager war. Wer hatte sie in die Hoffnung gebracht, mit nicht einmal siebzehn Jahren? Die Männer waren alle im Feld bis auf die Alten und Kranken. Nie sah man sie mit einem gehen, doch hieß es, ihre Liebeskünste reichten hin, der Schönsten im Dorf den Mann auszuschirren. Als das Schiff mit Kurs auf Suez ausgelaufen war, sah die patschnasse Fischersfrau Lily am Weg zu Jelkas Haus, da wussten bald alle mehr als genug. Auch die flüchtigste Begegnung trägt Früchte, wenn das Schicksal es will. Lily trug den Lorbeerkranz und nahm den Spott der Frauen auf sich und trug auch die Blicke der Feldherren, ohne zu Boden zu sehen.

Klee wollte weiter fragen. Was mit Lily geschah, wohin sie gekommen war. Jelka aber drückte ihm den Finger auf die Lippen, wie sie es bei seiner Geburt getan hatte, reichte ihm das alte Buch und riet ihm eindringlich zu. *Geh in die größere Geschichte! Die Frage ist nicht »Wie hast du gekämpft?« Sie lautet »Wie hast du geliebt?«.*

*

Das Herz ist doch ein seltsames Ding – wenn es heilt, dann juckt es.

Klee hat bestimmt nichts falsch gemacht. Er war ein guter Soldat. Er hat auf der richtigen Seite gekämpft. Die Seiten ändern sich. Es kommen andere Zeiten. Und immer der Blick auf die Uhr.

An irgendeinem Tag im Mai entdeckte er Idas Püppchen, das über und über zerstochen lag und dabei in Watte gebettet, in einer Schuhschachtel aus Karton. Wie lange hat er nicht mehr gelacht? Nie fiel es ihm so leicht.

Er schleppte sich in den Garten, setzte zwei Ölbäumchen ein. Wer ihn kannte, wunderte sich. War es der Alterswahnsinn? Hat's ihm das Herz befohlen? Als er an jenem Abend auf der Terrasse saß, das Tonaufnahmegerät vor sich, die Aufnahmetaste schon gedrückt, vernahm er die Totenglocken von weit und erriet gleich, wem das galt, denn in den Totenglockenklang mischte sich Jelkas Lachen, und der Satz *Wie hast du geliebt* und die Matrosengeschichte. Und wie er davonlief, Hals über Kopf, und nicht wusste, wohin! Und wunderlich, denn jetzt kam Lily gerannt, als hätte auch ihr sich ein Dunkel erhellt. Wirklich, da lief sie, dicht neben ihm, wie mit gesunden Beinen! Und wie sie zu dem Felsen liefen, an dem das Meer nie zur Ruhe kam, und nicht stolperten noch stürzten, sondern dort, am Felsenrand, zwei Möwen gleich aufflogen! Ein freundlicher Wind trug sie wolkenwärts, weit über Wasser und Land, die Welt bald nur ein winziger Punkt zwischen anderen Sternen. – Da musste der Klee wieder lachen und hörte gar nicht mehr auf, und Ida und das liebe Kind, das bestimmt kein Kind mehr war, stimmten in sein Lachen ein, obwohl sie den Grund nicht sahen.

Die Meldung kam aus dem Radio – ein neuer Krieg begann. Klee aber hielt das Lachen nicht ein, auch wenn er zuweilen nur still in sich hinein lachte. Ida fand nichts zu lachen, konnte es nicht erklären. Vielleicht lachte Klee aus Erleichterung, weil nichts geschah und wieder nichts, nicht einmal, wenn die Geschütze in die angrenzenden Häuser einschlugen und man sich daran gewöhnen konnte, dass einen der Schlag immer nur beinahe traf. Vielleicht lachte er zum Hohn, denn die neuen Fahnenschwinger meinten ja ein anderes Land. Sie stampften die alten Denkmäler ein, stellten neue auf, benannten die Straßen und Orte um, wie es ihnen gefiel. Die alten Zeugen galten nicht mehr. Jeder kommt einmal zu Fall.

Gerade als Ida zu fürchten begann, dass er sich totlachen könnte, sprengten sie das Heldenmal, und augenblicklich erkrankte Klee, und keiner wusste, woran. Zuerst verweigerte er das Trinken, glich sein Gang dem Torkeln der Berauschten, und die Zunge schwoll ihm, und seine Haut färbte sich dunkel, obwohl er seit einer Ewigkeit nicht an der Sonne war. Dann murmelte er vor sich hin, Worte wie unbekannte Weltenorte. Und als er kaum noch sprach, nur von Schnee und niemals Schnee in jenem winterlosen Land, bekam's der Dorfarzt mit der Angst und überwies ihn an die Heilanstalt in Daleko.

Vom Fieber, hieß es, sei ihm der Verstand verglüht.

Ida, immer die Krähen!

Besuch, sagt die Schwester, *Ihre Frau!* Klee beißt sich auf die Lippen: *Meine Frau?* Er hasst das Besitzwort vor dem Wort Frau. Die Schwester schmunzelt und nickt. Ida setzt sich neben sein Bett, den Brustkorb so voll von Erwartung und Furcht, dass sie kaum noch Luft bekommt. Ihr Blick schweift ohne Ziel herum, bis er auf Klee liegen bleibt. Er setzt sein Lächeln wieder auf, ihren Blick zu erhellen.

Der Oberarzt hat sie ersucht, nach Daleko zu kommen, denn bestimmt würde Klee bei ihrem Anblick seinen Entschluss, fortan alle Nahrung zu verweigern, überdenken. Ida aber gehört nicht hierher, nicht unter die Kranken und Mörder. Alles hier erscheint einem schlimmer, jetzt, da sie anwesend ist. Auch Klees Zustand: Elender. Ja, er selbst: Nichts neben ihr! Er sieht zum Fenster hinaus, betrachtet die Entlüftungsrohre des gegenüberliegenden Anstaltstrakts, auch die Saatkrähenschwärme, die sich im Flug zu Flitterwolken streuen, sich dann krächzend niederlassen auf Dächern und Antennen. Er weiß: Sie sucht sich den Aberglauben an die Unglückskünder auszureden. *Schau, die großen Vögel! Schau!,* würde er Lily sagen. Zu Ida sagt er: *Immer die Krähen.* Oder einfach nichts, weil er an die Wesen denkt, die sich in riesige Vögel verwandeln, um über Feldern und Weiden zu kreisen und nach den Kindern auszuschauen.

Bei jedem Schmerzanfall verrutscht sein Lächeln zu einem dummen Grinsen. Wenn ihn wieder ein Krampf anbohrt, treten ihm Schweißperlen auf die Stirne. Ida gibt vor, es nicht zu bemerken. Vielleicht, um ihn nicht zu beschämen. Oder weil sie sich seiner schämt – ein Held kennt keinen Schmerz. Bestimmt ist sie beunruhigt, weil jeder ihn so sehen kann, Ärzte, Schwestern, Besucher. Sie schaut sich um, ob einer kommt. Immer schaut sie, ob einer schaut. Die Meinung der anderen bedeutet ihr viel. Im Hinterhaus brennt noch Licht.

Ida gehört nicht hierher. *Stell dir vor, mein Idalein, wie die Irrenhäusler sind: Einer beschmierte sich neulich mit Kot, um sich vor Angreifern zu schützen, die nur sein schielender Blick erkennt. Auffallend der Mangel an Reinlichkeit, die Lust an Schmutz und Gestank. Sie weigern sich unter allerlei Vorwänden, sich mit Seife zu waschen. Wie Kinder essen sie Nasenschleim.* Ida wird ihm nicht glauben. Ida glaubt nur an Gott. Da sitzt sie nun, und lacht zu laut. Klee sieht sie ungläubig an. Schnell hebt sie an zu erzählen, die kleinen, hellen Anekdoten. Geschichten von Kind und Kindeskind. Und noch einem weiteren Kind. Blut des eigenen Blutes. *Denk wenigstens an die Kinder, sie wollen dich wieder gesund!* Ihm ist, als spräche sie von sich. Sie liest konzentriert in seinem Gesicht, prüft ihn mit dem Auge eines Forschers, der Mienen zu enträtseln sucht. Sie heischt ein Zeichen der Besserung, ein Lächeln wenigstens, ein Leuchten in den Augen. Sie will ihn heil und aufgeräumt. Er soll dem Denkmal gleichen, auch wenn es gar nicht mehr steht. *Alles wird gut, alles wird gut, mach dir nur keine Sorgen!*

Nie war seine Angst vor dem Sterben so groß wie an den Graten ihrer Phrasen, und wenn sie sich den Anschein gab, ein anständiger Mensch zu sein, ein besserer als er. Auch wenn sie lachte, viel zu laut, das Lachen, das von Zeit zu Zeit in die falsche Tonart kippte, das Lachen, das er früher liebte, ihr hie und da sogar neidete. Das Lachen, mit dem sie ihn anbrüllt, ihn in die tiefste Einsamkeit brüllt. Ihr Lachen ist ein Krähenschreien, vor dem sie manchmal selbst erschrickt. Es weckt die bösen Geister, weckt selbst die Toten noch auf. Der jetzt den Trost abkaufen? Nein! Klee will in seiner Traurigkeit besucht, nicht aus ihr herausgeschält werden, will von Albträumen reden. Nur nichts Liebes, nicht das Flirren, mit dem sie Wut und Gram so ungeschickt verhängt! Nicht das Schweigen, das sich hinter ihrer Geschwätzigkeit verbirgt!

Er ist der Schattenspieler. Er will kein Ende der Nacht.

Dicht unter der Grenze zum Wachen ein Traum. Die Wimmelbilder ordnen sich. Lily kommt ihm entgegen, breitet die nackten Arme nach ihm, aus ihren Achseln schneit es. Klee streckt seine Hand danach aus und fängt die Flocken, eins, zwei, drei, und spürt wie sie zerrinnen. Lily reicht ihm ihre Hand. Er greift sie, *Komm!,* und richtet sich auf. Ida durchkreuzt den Entschluss. Sie trampelt auf seinen Bildern herum, kriegt sie doch nicht kaputt. Dann fuchtelt sie vor seinem Gesicht. Rät sie seine Gedanken? *Es ist nicht, wie du denkst,* sagt er. Nie ist es, wie sie denkt. Er denkt an Lily, wie sie geht, durch den frischgefallenen Schnee. Und wie sie eine unberührte Stelle sucht, sich da hinlegt, rücklings, mit Armen und Beinen rudert – immer so auf und ab, wie die hölzerne Puppe des Kinds, wenn man an ihrer Schnur zog –, bis da die Vertiefung ist, die aussieht wie ein Engel, Engel im Werden oder Vergehen, und zuckend der blasse Engel im Schnee, und rot füllt sich der Abdruck.

*

Ida lächelt. *Woran denkst du? Warum sagst du denn nichts? Sag schon, was sagt der Arzt?*

Er sagt, ich soll mich erinnern.

Und? Erinnerst du dich?

Nein, ich geh nicht zurück.

Ida will es nicht glauben, verschluckt sich fast an ihrer Angst, dass da vielleicht etwas sei, etwas Tödliches – oder, schlimmer noch, etwas Lebendiges. Vielleicht der Grund für sein Lachen. Sie wittert die Gefahr und kann sie doch nicht benennen: Lily steht an seinem Bett. Ida kann sie nicht sehen. *Woran denkst du immerzu?* Lily reicht ihm die Hand. *Warum sagst du denn nichts? Bin ich dir etwa egal? Alles hab ich für dich getan! Den Beruf aufgegeben. Auf schwarze Kleider verzichtet, sogar als die Mutter gestorben ist. Hab dir die Schnürsenkel gebunden, aus der Zeitung vorgelesen und die Kinder geboren, das lebende und das tote Kind, von dem du nichts wissen wolltest. So viel Mühe und Verzicht! Sag endlich irgendwas, Klee!* Schon will er aufstehen, zu Lily gehen. *Ich hab ein Recht darauf!* Lily aber ist nicht mehr da. Strafend blickt er Ida an. Sie blättert in der Zeitung. *Lies die Trauerfälle vor!* Da zuckt ihr auf einmal das Kinn.

Geschrei dringt aus dem Tagessaal. *Hörst du es, mein Fischlein? Wer unliebsame Wahrheit sagt, braucht ein schnelles Pferd. Ich aber hab nur den Esel. Deshalb kriegen sie mich! Deshalb der Wahnsinn, Idalein, dass man die Wahrheit verschweigt. Die Irrenhäusler sind harmlos, zur Lüge nicht begabt. Gut ist es hier. Bleibt man unter sich, waltet ein triftiger Friede. Nur die von draußen stören ihn, die Liebenden zu Besuch. Aber seid ihr Liebende? Ihr wollt die Kranken gefällig, heischt Besserung, Disziplin und gebt uns mit eurer Moral noch den Rest! Ah, Treueschuld des armen, kalten Herzens!*

Was galt sein Bedenken, als der Mädchenmund an seinen kam und er mit der Verlegenheit eines Beschenkten die Augen schloss? Kurz sind die Erdentage eines Sterblichen. Er hätte das Glück annehmen können, es mit vollen Händen nehmen. Hätte ihm Ida verziehen? Spielte es eine Rolle? Als Kind war er nie der Häuptling. Er weist nichts mehr von sich. Manches macht man erst groß, indem man es verschweigt. Zu viel ist groß geworden durch sein verfluchtes Schweigen, das Schweigen, das alles sagt. Auch von Lily erzählt. Mehr als die Frau erträgt. Idas Miene gefriert. Sie will das nicht begreifen. Das Lachen hat sie abgelegt wie ein vielgetragenes Kleid, das nicht für den Anlass passt. Die Augen ganz verregnet. Ihre kleinen Furchtgebärden – Klee kann sie riechen, sehen. Sie legt die Stirn in Falten. Das Lächeln strengt ihn an. Das Mitleid strengt ihn an. Nur die Stunde erwarten, da die Frau endlich geht. Im Dorf wird sie Fische kaufen, zwei frische Makrelen, nur für sich. Sie wird die Kiemen spreizen, die Augen genau besehen. Sie wird um die Fische feilschen, behaupten, sie wären nicht frisch. Dann wird sie in die Kirche gehen und, ehrlich wie sie ist, wenn sie sich beobachtet glaubt, eine Münze in den Opferstock werfen, eine Kerze entzünden, für Klees Genesung beten. Sie wird dem großen hölzernen Jesus die staubigen Zehen küssen. Sie wird die Engel singen hören – *Ave verum corpus!* Sie wird sich ihm zu Füßen werfen, auf dem Kirchenboden wälzen, sich unnatürlich verrenken, wie um den Teufel zu gebären. Man wird sie abführen, für verrückt erklären.

Verräterisch hüllt das Schweigen ein, wie ein knisternder Zementsack, den man sich an einem Wintertag unters dünne Hemd stopft. *Was ist, Klee? Warum sagst du nichts? So sag doch was! Rede gefälligst!* Sie greift ihm nach den Gedanken. Wie damals, *Rede gefälligst zu mir!,* als Ida die Kassette aus dem Rekorder gerissen und in den Garten geworfen hat. *Zu mir! Zu mir!,* hat sie gebrüllt, am Ende tränenreich gefleht. Endlich hebt er zu reden an, da fällt sie ihm eilig ins Wort. *Du sagst doch nur wieder nichts.* Er sagt *Die Besuchszeit ist um.*

Ida zögert, will seinen Trost, ein Zeichen seines Bedauerns. Sie braucht seine Trauer, solange sie ihr gilt. *Bist du denn gar nicht traurig?* Wer nicht trauert beim Lebewohl, der liebt nicht, nicht genug. Sie hat ein Recht auf sein Abschiedsweh. *Du willst mich gar nicht halten? Ich sag »Ich geh«, und du? Kein »Bleib!«?* Ihr Blick seziert sein Gesicht. Er will die Frau nicht hoffnungslos. Er streicht ihr übers Haar. Wie sie angestrengt lächelt, schweigt! Sie hat sich's vom Munde abgespart, das Lächeln und das Schweigen. Er küsst ihr die rauen Hände. Die Hände erzählen in einem Satz, welche Arbeit sie tut.

Ida erhebt sich, geht zur Tür, schaut in den Spiegel, zupft sich das Haar. *Kann ich so überhaupt gehen?* Geh nur, geh! Wer schaut dich noch an? *Geh, du verbrennst dir die Sohlen!* Schau, deine Sohlen schmelzen – wie Schnee in der Faust eines Kinds! –

Scher dich endlich zum Teufel, Klee! Sie knallt die Tür und ist weg.

Mach's gut, Klee, mach's wieder gut! Draußen ist immer noch Sturm. Und du – ein Windhund geblieben!

Draußen hört man sie reden, Ida und den Oberarzt. *Mein Mann,* sagt Ida zum Beispiel, *Mein Mann hat zu viel erlebt. Was fehlt ihm denn, Herr Primarius? – Wir tappen im Dunkeln,* antwortet er, *Die Seele ist keine Niere.* Und hohe Tiere haben wir da, solche mit Rang und Namen. Manche führen im Schlaf noch Krieg, schauen Sie nur, wie die tun! Sie retten Sterbende, rufen nach ihren Müttern, werfen sich in Gräben. Nachts sieht man welche patrouillieren, Wache stehen, marschieren! Sie setzen sich die Leibschüsseln auf und schießen wie von Sinnen um sich – jeder ist ein möglicher Feind. Mancher scheißt in die Zimmerecke, weil er sich noch im Wald glaubt. Wenn das überwunden ist, werden die meisten still. Die einen bauen Luftschlösser für spätere Tage, die anderen gehen dahin zurück, wo die lieben Gestalten der Jugend sie umschweben. So kann man sie halbwegs führen, für einfache Arbeiten brauchen. Sie haben dann alles gesagt, was ihnen möglich war und was sie sich zu sagen trauten, ständig in der Angst, zu viel könnte sie verraten oder Ärzte und Schwestern verprellen oder die lieben Verwandten. Nackt sind sie und unbewehrt und fühlen sich sehr in Gefahr. Und töricht ist's, mit ihnen zu vernünfteln. Ihr Kopf erhält nur neuen Grund auszuschwärmen, etwas auszuhecken. Über Nacht verwandeln sie sich in Römer, Griechen und Hellenen und meinen, sie hätten schon einmal gelebt. Widerspruch erhitzt sie nur. Sie glauben sich von uns verfolgt. Auch auf Ihren Mann trifft das zu. Kommen die Ärzte, sieht er sie an, als wollten sie ihm was antun. Er meint, er würde verwechselt, ruft »Ich bin's, ich, nicht Klee!«. Wer glaubt er denn, dass er sei? Auch dass man ihn vergiften wolle, scheint er zu befürchten. Nachts träumt er immer noch schlecht. Er hat die Gewohnheit, die Decke zu umarmen, am Polsterzipfel zu saugen. Dabei ist er unruhig, wirft sich auf dem Lager herum, rudert mit Armen und Beinen und lacht. Kürzlich gestand er einen Mord, der nie begangen wurde. Es gab den Bettnachbarn ja nicht, nach dem er andauernd fragte. Sein Hirn ersetzt die ausgelöschten Erinnerungen durch Erfindungen. Alles betrachtet er als neu – was für ein kindliches Staunen! Regt sich etwas, klatscht er in die Hände, spielt versonnen mit dem Bettgalgen. Nicht der Sieger schreibt die Geschichte, sondern der, der bleibt. Bittet man ihn zu erzählen, vergisst er meistens mitten im Satz, was er mitteilen wollte. Dann summt er oft die Melodie, immer die eine Mottete. Manchmal unterbricht er sich und dreht sich eilig weg und lacht. Das Radio haben wir fortgeschafft. Er glaubte sich belauscht. Auch hörte er allerhand Stimmen, die dieses und jenes befahlen. Sobald er wieder etwas vernahm, schaute er ganz aufmerksam und drehte den Kopf zum Radio und mahnte die Schwestern zur Ruhe, denn alles hatte still zu sein und alle Uhren standen still, wenn er so schaute und horchte. Sie müssen wissen, gute Frau, ein jeder bleibt im Krieg auf seine Art. Wir aber setzen alles daran, Klees Memoiren zu löschen. Meistens zeigt er Einsicht, sucht die Gedanken zu ordnen. Dann wieder ruft er die Trugbilder an – Lily! Lily! Was weiß ich – und fällt in einen tiefen Schlaf, aus dem er kaum noch erwacht.

Nein!, ruft Ida, *Das kann nicht sein! Mein Mann ist keiner von denen! Sein Krieg ist fünfzig Jahre her und ist schon nicht mehr der letzte.* Er war inzwischen völlig normal, ist neben mir gegangen. Bestimmt hat er sich was geholt, irgendwo am Hindukusch – Sackratten, Tripper, Syphilis, la maladie française. Alles, alles ist mein Mann, ein Nimmersatt mit vollem Bauch, ein Säufer, Lügner, Hurenbock. Aber kein Verlierer! Er ist ein Held und bleibt es auch, ich kenne meinen Mann.

Der Doktor wird jetzt lauter: *Er hat seine Zeit überlebt.*

Ja, hätt er denn zeitig sterben sollen, dass er sein Denkmal kriegt? Was soll ich jetzt mit dem Gipskopf? In Bronze gießen wollt ich ihn, aufstellen lassen wollt ich ihn! Wohin denn die Nelken und Kränze, Kränze mit prächtigen Schlaufen, auf denen groß mein Name steht? Auf ewig deine Ida. Per sempre tua sarò. Sono l'unica vedova. Meinem geliebten Mann.

Der Doktor sagt den Abschiedsgruß. Dann sich entfernende Schritte. Kleine, feste Schritte sind es. Klee hört sie noch, als er sicher ist, dass er sie nicht mehr hören kann, hört sie sogar noch im Schlaf: Sich entfernende Schritte. Sie werden Ida sagen, dass ihm Besuch nicht bekommt. Ida wird das nicht glauben. Ida glaubt nur an Gott.

*

Es schneit, sagt die Schwester, *ist nur dann eine wahre Aussage und einzig und allein und nur dann, wenn es tatsächlich schneit! – Aber Schwester, sehen Sie selbst, da sind Flocken am Fenster.* Die Schwester dementiert, *Hier hat's seit Jahren nicht geschneit, Sie haben Augenflimmern!* Als sie hinausgeht, die Vase im Arm, bricht Klee in ein Lachen aus und kann sich nicht mehr halten. Er richtet sich am Lager auf, krümmt sich, beugt sich in schnellen Bewegungen vor und zurück, hält sich mit der einen Hand den Bauch, tippt sich mit dem Finger der anderen auf die Stirn, formt sodann zwei Finger zum Colt, drückt sie sich an die Schläfe, *Peng!*, kippt zurück auf sein Bett.

Die Bettnachbarn sind sehr erregt, sie murmeln, kichern, kreischen. Die Männer sind wieder da. Sie tragen weiße Kittel und umstellen sein Bett: Ha, Zitterer und Kaduken, wir schläfern euch alle ein! *Wer ist Lily?*, brüllt der eine, brüllt jetzt wie der Totenkopfmann, richtet den Gewehrlauf auf ihn, richtet die Spritze auf ihn, den Finger am Kolben, Klee schlägt um sich, der Arzt drückt ab – es kommt ein traumreicher Schlaf.

Von einem Moment zum anderen ist er an Lilys Seite. Sie toben wie Kinder im ersten Schnee. Seit Stunden geht das Spiel. Die Hände taub vor Kälte. Klee bleibt stehen, sieht ihr Gesicht, darin die Zeichen, die er von der Liebe kennt, vom Lieben, wie er es nennt: das Glück der Selbstvergessenheit, ein Kind, ganz in sein Spiel vertieft. Wer wollte sie da stören? Lieber sie gewähren lassen, wie er die Mädchen immer gewähren ließ, wenn ihn eine Spielart befremdete, gespannt, was als Nächstes geschieht. Sie bückt sich, nimmt die Hand voll Schnee, trifft ihn im Gesicht. Halb blind tappt er nach seiner Brille. Lily lacht, tritt Schnee nach ihm, wie er da kniet, die Hände schützend vorm Gesicht, und durch die leicht gespreizten Finger sieht er den Totenkopfmann. Sie aber holt jetzt kräftig aus. Zum Ducken ist es zu spät. Es ist der Moment der Einsicht, dass augenblicklich ein Unglück geschieht. Er steht am Rand des Felsens, das schnaubende Meer unter sich, den Spiegelhimmel zu Füßen. Los, zeig dich, Tod, ich biete dir Stirne und Kuss! An wie wenig das Leben hängt, an einer kurzen Vereinigung, einem einzigen Schritt. Eben noch rauscht dir das Blut durch die Adern, und mit einem Mal – nichts. Er ist der Comicheld, der über den Rand des Felsens läuft, ohne es zu bemerken. Noch ist nichts geschehen. Noch ist alles gut. Auch als er in der Luft stehen bleibt. Erst als er die Tiefe unter sich bemerkt, folgt unabwendbar der Sturz. Er sieht sich auf dem Heldenplatz. Der Schneeball kommt auf ihn zu. Jetzt erst einmal gar nichts tun. Zeit, steh still, dann erfüllt sich nicht, was längst seinen Lauf genommen hat. Der harte Schneeball trifft, ein besonders eisiger. Oder war es ein Stein? Er findet die Brille, setzt sie auf, sieht Kinder beim Denkmal spielen. Aber ist es ein Spiel? Sie werfen Steine und Schnee danach. Wo sie treffen, durchfährt ihn ein Schmerz, als erführe er's an sich selbst. Da sieht er das Denkmal fallen, die Kinder ringsum sich freuen. Sie schreien, hüpfen, lachen und werfen die Kappen in die Luft. *Nieder mit dem Krieger.* Und *Pablo!*, ruft Lily. Sie hat ihn erkannt. Da ist ein großes, gefräßiges Licht. Da ist nichts. Nichts. Es schneit.

Andante

Am Anfang weiß man nicht, dass es ein Anfang ist. Am Ende ist der Anfang schon gemacht. Die Geschichten beginnen immer anders. Man schreibt sie um und wundert sich nicht mehr. Man sagt: *Wenn ich mich richtig erinnere,* als ob es ein falsches Erinnern gäbe, als ob nicht im Erinnern immer eine neue Wahrheit entstünde. Die Helden bleiben uns gut.

Die Nachricht von Klees Tod erreichte mich an einem Novemberabend. Ida war am Telefon. Ich kramte ein Foto hervor: Es zeigte Klee mit einem Rikschaläufer, irgendwo in Indien. Nun, da er, der sich sein Leben lang vom Tod belauert glaubte, wirklich tot war, musste ich lachen und an unsere letzte Begegnung denken. Einen Tag lang saß ich bei ihm, aus freien Stücken neben dem Bett, von dem er sich nicht mehr erhob. Klein war er geworden, die Wangen hohl, der einst so mächtige Brustkorb flach, als wollte sein Geist ein Stück seines Leibs mit sich nehmen. Doch war um ihn ein Leuchten, ein bodenloses Freuen sogar. Der Schweigsame war plauderhaft. Es lag nicht am Morphium, das war gerade gut, die Schmerzen zu betäuben, mehr an der Kraft, die er nun nicht mehr verbrauchte, sich gegen den Tod zu stellen. Und wie er redete und sogar scherzte, auch über seinen alten Hund, der immer wieder herankam und an seinen Füßen leckte, die blass aus dem Betttuch ragten, dachte ich einen Augenblick, dass er sich womöglich wieder totstellen würde, ohne zu bemerken, dass er tatsächlich starb. Vielleicht würde er auch am Leben bleiben, wie er immer am Leben geblieben war, gegen jedes Naturgesetz.

Bald, habe ich entgegnet auf seine letzte Frage, wann wir uns wiedersehen, und gewundert habe ich mich noch, weil mir das *Bald* nicht ans Gewissen rührte, obwohl ich wusste, dass dies unsere letzte Begegnung bliebe und sicher war, dass Klee es ebenso begriff, denn als ich aufbrechen wollte, hieß er mich zum Kleiderschrank gehen und daraus die Schuhschachtel holen. Ich brachte sie ihm ans Bett. Er hielt sie mir offen hin, *Für dich!* Ich blickte auf acht Tonkassetten, C90 Super Sound Magnetic Tape, von Klee besprochen und in seiner kleinen, steilen Handschrift, die die eines Knaben geblieben war, mit Datum und laufenden Nummern versehen. *Schreib du meine Geschichte!* Es war keine Bitte, mehr ein Befehl – oder eine Ahnung.

Als man ihn zwei Tage später in die Heilanstalt brachte, war er nicht mehr bei sich. Oder ganz bei sich, wer weiß. Es waren die Zeiten kurz nach dem Krieg, die Siechenhäuser überfüllt. Die Hoffnungslosen gab man verloren. Klee verlor das Bewusstsein. Nur einen Moment der Begegnung soll es noch gegeben haben. Als man das Radio wieder brachte, summte er deutlich zur Musik. *Irgendwas von Mozart,* hat die Schwester später erzählt. Schnell lief sie da aus dem Zimmer, um nach dem Doktor zu sehen. Doch als sie wieder kamen, stand sein Bett schon leer.

*

Das Aufstehen fiel ihm leicht. Er ging zum Spiegel, sah sich darin, erkannte sich endlich wieder. Wohl sah er aus, als hätte er gekämpft, doch schaute er zufrieden. Er strich die Schatten aus seinem Gesicht, berührte dann sein Spiegelbild, fühlte keinen Widerstand, nur die eigene warme Haut. Erschrocken zog er die Hand zurück. Schließlich fasste er sich ein Herz, trat durch den Spiegel, fand sich woanders, stand am Rand seines Dorfs. Und als sein Blick sich weitete, sah er Lily am Straßenrand stehen, sie deutete ihm, ihr zu folgen. Die großen Vögel flogen auf, aufgescheucht von ihrem Ruf. Da vergaß Pablo, dass der Wind an seiner Jacke riss und an seinem dünnen Haar. Vor ihm wuchs der Schatten, den die aufgehende Sonne ihm nachwarf. Leichtfüßig sprang er darüber, der Schatten fiel hinter ihn. Lily ging langsam voraus. Einmal sah sie sich nach ihm um, da kam er sich vor wie im Himmel. Bald hatte er sie eingeholt, so schritten sie gemeinsam fort, den Blick nach fernen Dingen, und wer sie wie ich sah, dem kam es vor, als ob sie träumend gingen.

Ave, ave, verum corpus,
natum de Maria virgine,
vere passum immolatum
in cruce pro homine,
cuius latus perforatum
unda fluxit et sanguine
esto nobis praegustatum
in mortis examine!

Diesseitig bin ich gar nicht fassbar
Denn ich wohne grad so gut bei den Toten
Wie bei den Ungeborenen
Etwas näher dem Herzen der Schöpfung als üblich
Und noch lange nicht nahe genug.

Paul Klee